EYANA & DAVIS

LES LOUPS DU CRÉPUSCULE

EYANA & DAVIS

LES LOUPS DU CRÉPUSCULE

DRAVEN VIXEN

ISBN : 978-2-493539-08-3
Dépôt légal : octobre 2023
Première édition : octobre 2023
Copyright 2023 Draven Vixen
https://dravenvixen.wixsite.com/dravenvixen

Ce livre est une fiction. Toute référence à des évènements historiques, des comportements de personnes ou des lieux réels serait utilisée de façon fictive. Les autres noms, personnages, lieux, et évènements sont issus de l'imagination de l'auteur, et toute ressemblance avec des personnages vivants ou ayant existé serait totalement fortuite.
Les erreurs qui peuvent subsister sont le fait de l'auteur.
Le piratage prive l'auteur ainsi que les personnes ayant travaillé sur ce livre de leurs droits.

Crédits
Design de couverture : K2K design
Correction du texte : Dani Arthacky Corrections
Mise en page : M.G. Le Floch

Tous droits réservés. Aucune partie de ce livre ne peut être reproduite ou transférée d'aucune façon que ce soit ni par aucun moyen, électronique ou physique sans la permission écrite de l'éditeur, sauf dans les endroits où la loi le permet. Cela inclut la photocopie, les enregistrements et tout système de stockage et de retrait d'information. Pour demander une autorisation, et pour toute autre demande d'information, merci de contacter Draven Vixen 4 Rue du Diamant Bleu 31120 Roques.

Eyana

Devon se retourne, et j'ai à peine le temps de voir ce qu'il se passe, que le bar explose. La force de la déflagration m'envoie valser sur plusieurs mètres. Allongée sur le ventre, ma respiration s'est bloquée. Mes oreilles sifflent.
Quand je le sens à nouveau...
Encore...
Le feu qui roule sur mon dos.
Mes vêtements se consument. Ma peau, ou plutôt mon amas d'épaisses cicatrices fond, libérant une puissante odeur de chair brûlée. La douleur cuisante m'arrache des cris qui me vrillent les tympans. Ils se mêlent à ceux des autres victimes autour de moi. Je hurle, encore et encore ! Jusqu'à m'en faire péter les cordes vocales. J'attends désespérément qu'une âme charitable me sauve. Me libère de la lave en fusion qu'est devenu mon corps.

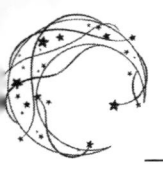

— Eyana ! Eyana !

Je sursaute, le front moite et la respiration courte. Mon regard trouve les pupilles charbonneuses de Nolan, qui me tient par les épaules. Dogzilla, assis au niveau de mes pieds, n'en rate pas une miette.

— Tu as encore rêvé, souffle-t-il, une pointe de tristesse dans la voix.

Voilà plus de deux semaines que Nolan occupe la seconde chambre de ma maison, et voilà donc plus de deux semaines que je le réveille toutes les nuits. Je n'ai pas été blessée lors de cette dernière explosion, mis à part quelques égratignures sans importance et la perte de mon pick-up. Cependant, mes cauchemars ont redoublé. Moi qui croyais cette époque révolue ! À ma décharge, je n'imaginais pas qu'en revenant dans ma ville natale, j'aurais de nouveau à affronter ce genre de situation.

Je pense que les funérailles de Bryan et Gaby, qui se sont déroulées sur deux jours, n'ont fait qu'amplifier le phénomène. Le biker avait beaucoup de famille, en dehors du club. Ce qui n'était pas le cas de la pauvre Gaby. Nolan, qui était proche d'elle avant son incarcération, a tenu à prendre la parole pour honorer sa mémoire. Un discours très émouvant, et plein de sagesse.

De son côté, mon frère refuse toujours de m'accompagner jusqu'à la tombe de notre père. Lorsque je lui ai attrapé le bras pour qu'il me montre le chemin, il s'est transformé en une véritable anguille dopée au *Red Bull*.

Je ne sais pas si je vais rester définitivement à Albuquerque. La vie ici est... mouvementée.

Trop...

D'autant plus que malgré le scandale de l'entrepôt et des combats de chiens, Romero a quand même été élu au poste de maire. Ma boutade au sujet du café trafiqué, capable d'influencer les votes, a vraiment pris une tout autre tournure.

Devon, quant à lui, gère comme il peut le reste des membres du club, ainsi que les groupies, pour garder tout le monde à l'abri. Il a lourdement insisté pour que Nolan habite chez lui, le temps des travaux au *Sans Souci*. Tandis que moi, il voulait que je m'installe dans la grande maison de Mama quelques semaines. Heureusement, son statut de Président ne lui confère pas tous les droits sur ses frères, parce que j'aime ressentir la présence de Nolan entre ces murs. De plus, il ne serait pas judicieux d'aller vivre chez Mama durant une période aussi sombre. Mettre tous ses œufs dans un seul panier n'a jamais été une bonne idée. Tout le monde craint d'autres représailles de la part du cartel. Même si pour l'instant, tout semble calme.

La maison de Mama est devenue le nouveau quartier général du club. Les réunions quasi quotidiennes qui s'y déroulent m'amènent à penser que la situation est des plus critiques, bien que l'on nous laisse entendre que ce n'est pas le cas. Je ne suis pas dupe. Sans parler de la société de gardiennage qui rôde sans cesse autour des habitations occupées par les membres du M.C. et de leurs proches, ainsi que du garage. J'ignore si

Kirby, Shirley et les groupies l'ont remarquée, mais moi, je l'ai vite repérée.

Les pompiers ont déterminé que l'explosion provenait de la réserve. Nous avons eu une chance inouïe que Devon découvre le bon de livraison signé par la pauvre Gaby. Le *Amazing Coffee* nous avait « offert » plusieurs sachets de café.

Le Président des Loups du Crépuscule a ainsi pu sauver une partie d'entre nous, même si ce n'était pas suffisant. Un manque de communication avec les femmes, qui doivent rester loin des affaires du club, qui se paye très cher. Devon doit sûrement s'en vouloir, bien que Clint ait remarqué une voiture noire quitter les lieux juste après l'explosion. On suppose que des hommes de Romero étaient en planque devant le bar, pour le faire sauter au moment le plus propice. En entendant l'alarme, et en nous voyant sortir, ils ont déclenché le dispositif.

Quant à Luke, au grand bonheur de sa mère, il est parti s'installer chez elle, pour finir sa cure de désintox. Rusty aussi a élu domicile là-bas, pour monter la garde. Nos deux doyens se sont beaucoup rapprochés. La docteure, et désormais officielle petite amie de Clint, ou régulière comme le club la nomme, vient rendre visite à mon frère tous les jours. Il n'a pas encore retrouvé le lien avec son loup, mais Erin reste confiante.

Nolan ne me pose plus cette fameuse question, qui doit pourtant continuer de triturer son cerveau : « Tu veux en parler ? » Il s'apprête donc à regagner sa chambre, mais je crois qu'il est plus que temps de crever l'abcès.

— Attends...

Il se retourne, surpris. Sans mot dire, je relève les oreillers contre le mur, puis je me décale de l'autre côté du lit, tout en repliant mes jambes, pour permettre à Dogzilla de se réinstaller. Du plat de la main, je tape sur le matelas.

— Si tu es d'accord, j'aimerais bien en discuter.

— Évidemment.

Il prend place à ma gauche, et j'enroule mes bras autour de mes genoux. Les yeux rivés sur le chien, je sens la chaleur qui émane du corps de Nolan, au niveau de mon épaule.

— Quand j'étais en Afghanistan, commencé-je, je me suis rapprochée d'un de mes équipiers, Ethan. On se débrouillait toujours pour partir ensemble en mission.

Je déglutis, pour me forcer à repousser dans leurs retranchements la culpabilité et la peur qui commencent déjà à m'étouffer.

— Cet après-midi-là, on devait se rendre dans un petit village, pour s'assurer que tout était OK et que l'on pouvait s'y installer pour la nuit. Rien de dangereux, normalement... Mais sur le trajet, le 4x4 a roulé sur une mine. J'ai été éjectée.

Mes yeux s'embuent, et je ne peux contenir mes larmes. Elles glissent silencieusement sur mes joues, pendant que je souffle, avant de reprendre.

— J'étais sonnée, et tout ce que je percevais, c'étaient d'horribles bourdonnements... Je... je me suis quand même relevée... pour... pour chercher mes coéquipiers...

Je déglutis. La balle de golf logée dans ma gorge est dure à avaler. Et ces foutues larmes qui n'arrêtent pas de couler !

— J'ai... j'ai d'abord trouvé le... le chauffeur... Mais... il était trop tard...

Ma voix se brise. Après toutes ces années, les souvenirs demeurent toujours aussi vifs. Les odeurs, les cris... la fumée asphyxiante...

— Mon ouïe est revenue petit à petit...

Je ne vais pas y arriver... Je ne vais pas y arriver... Si ! Il le faut ! Je dois exorciser ces maudits fantômes !

— Et ces cris...

Ma voix, éraillée par l'émotion, est méconnaissable. Je dois continuer !

— Je n'avais jamais entendu quelqu'un hurler autant...

Les mots meurent sur mes lèvres. Un sanglot m'oppresse.

— C'était Ethan. Il se tenait la cuisse... Ou plutôt... ce qu'il en restait... Il... il hurlait tellement...

J'inspire pour forcer les sentiments de culpabilité et de rage qui m'assaillent, à dégager. Peine perdue.

— Puis du coin de l'œil, je l'ai vue... Une étincelle... Il y avait le réservoir de la voiture. Je n'ai pas réfléchi. J'ai sauté sur Ethan pour le protéger de la seconde déflagration. Cette chaleur... les secousses...

Je tourne légèrement la tête vers la droite pour éviter de croiser le regard de Nolan.

— Le feu a dévoré mon dos, sifflé-je, amère, en relevant mon débardeur pour dévoiler l'amas de cicatrices.

Un lourd silence emprisonne la pièce. Mon cœur pulse à la vitesse d'un sprinteur en plein effort. Je m'apprête à baisser le tissu, quand je sursaute au contact de ses doigts chauds. Nolan caresse délicatement ma peau, et je contiens *in extremis* mon envie de gémir. Comment trouve-t-il la force de me toucher, là où moi j'ose à peine me savonner sous la douche ?

— Tu as dû terriblement souffrir pour garder de telles marques.

Je me force à inspirer pour pouvoir lui répondre.

— C'est à cause des vêtements et du gilet pare-balles qui se sont collés à ma chair, expliqué-je en me rhabillant, pour cacher cette immondice. Je suis désolée de t'avoir infligé ce spectacle.

— Hé ! Tu es et resteras toujours « ma belle », si c'est ça qui t'inquiète.

Les yeux encore larmoyants, je me retourne pour lui offrir un petit sourire timide. Au début, je me sentais mal à l'aise vis-à-vis de ce surnom, puis je m'y suis habituée et maintenant, je l'apprécie. Il enroule son bras autour de mes épaules pour me ramener contre lui, et je me laisse aller. Je love ma tête au creux de sa clavicule, puis pose ma main sur son ventre. Sa chaleur, devenue familière, me réconforte.

— Si je n'avais pas été une surnaturelle, je serais sûrement morte. Cela aurait été sans doute mieux.

— Alors ça, par contre, non ! s'insurge-t-il

aussitôt.

Il se redresse et me contraint à en faire de même. Puis, il glisse deux doigts sous mon menton, pour me forcer à affronter ses prunelles sombres.

— Je t'interdis de dire ce genre de chose, tu m'entends ? Pourquoi penses-tu ça, d'abord ?

— Ethan, soufflé-je en me détournant. Je n'ai pas su l'aider. À notre retour, l'armée nous a obligés à suivre les séances de rééducation et de psychothérapie au centre des vétérans, mais il m'en voulait. Il se sentait tellement diminué que je crois qu'il aurait préféré que je le laisse mourir sur place. À la longue, notre couple n'a pas résisté. Tous ces reproches... Ils étaient...

— Certainement aussi cons que lui ! s'énerve-t-il. Je suis sûr que tu as fait de ton mieux, et que cet abruti n'a pas réalisé la chance qu'il avait de t'avoir à ses côtés.

Ses mots percutent mon cœur, réduisant en bouillie la terrible culpabilité qui me ronge depuis si longtemps. Elle reviendra, c'est indéniable. Il en faudra bien davantage pour qu'elle disparaisse définitivement. Mais pour l'instant, je savoure cette quiétude éphémère. Les larmes, impossibles à contenir, dévalent mes joues.

— Viens là, chuchote Nolan en passant son bras autour de mes épaules pour m'attirer de nouveau contre lui.

Dogzilla, qui a enfin pris du poids, et dont les poils roux brillent désormais, s'inquiète aussi. Je le sens se déplacer sur le matelas, pour s'allonger contre moi. Il reste silencieux, et je lui en suis reconnaissante. Sa petite truffe humide et froide se glisse sous mon coude. Grâce au cocon d'affection et de protection que m'offrent mes deux amis, je retrouve rapidement une certaine sérénité. À tel point que je ferme les yeux pour l'apprécier à sa juste valeur.

Nolan

Des cheveux me chatouillent le nez. Je me réveille dans un nuage de monoï, et pour la première fois depuis très longtemps, je souris en ouvrant les yeux. J'ignore à quel moment nous nous sommes assoupis, mais je ne m'en plains pas. Bien au contraire !

Les rayons de soleil matinaux s'incrustent entre les lattes des volets en bois, me permettant de contempler la belle couleur caramel du bras d'Eyana. C'est dingue le pouvoir que cette femme peut avoir sur moi. Quand elle ne m'agace pas parce que j'ai du mal à la suivre ou à la comprendre, elle m'hypnotise et m'apaise.

Alors qu'elle maintient fermement ma main contre son ventre, je tente de modifier légèrement ma position dans l'espoir de mieux me rendormir. En plus, je préférerais éviter une épitaphe du genre : « Assassiné dans son sommeil par une touffe de cheveux. » Quitte à crever un jour, autant que ce soit dans des conditions plus glorieuses, ou à cause d'un poil de chatte, à la rigueur...

Malheureusement, Eyana émerge à son tour. Dommage.

Elle sursaute en me découvrant à ses côtés. Ses yeux me lancent des éclairs, effaçant toute trace du stupide sourire béat qui ornait mon visage. Je ne sais plus comment agir avec elle.

— Je te laisse te préparer pour ta séance d'exercices, annoncé-je en me levant. Je vais boire mon café.

Je m'éclipse à la vitesse de la lumière afin d'esquiver toute remarque déplaisante. Je serais obligé de rétorquer, et je n'ai pas envie de me comporter comme un gros con, surtout après ce qu'elle m'a confié cette nuit.

Cette fille sème la pagaille dans ma tronche, et je déteste ça. À passer du chaud au froid comme elle le fait, je vais finir par vraiment m'énerver.

Je croyais que les choses étaient claires entre nous, surtout depuis qu'elle m'avait rejeté sans ménagement, il y a deux jours. Nous revenions d'un repas en famille chez Mama. L'ambiance était légère, du coup je lui ai proposé une dernière bière sur la terrasse. La lune et les étoiles scintillaient, aussi, le moment me semblait plutôt bien choisi. Mon portable, posé sur la table, jouait une chanson de Sinatra. Quoi de mieux pour un slow ? Et sous la voûte céleste en plus ! Quand je l'ai invitée à danser, elle a d'abord rigolé, puis elle s'est laissé entraîner.

Je croyais vraiment qu'il se tissait un lien particulier entre nous. Qu'est-ce qu'elle s'imagine ? Que je suis un coureur ? Ça, c'était l'ancien Nolan. Celui que les groupies surnommaient Nono. Mais depuis mon détour par la case prison, les choses ont changé. J'ai changé. Et dès la première fois où j'ai croisé ses magnifiques yeux bleus, j'ai su qu'elle allait m'attirer des emmerdes. Comme si je n'en avais pas déjà assez, il a fallu qu'elle vienne compliquer encore un peu plus la situation. Foutu destin !

Maintenant, elle m'envoie sans cesse des signaux contradictoires. Si elle a envie de jouer, très bien, mais qu'elle ne le fasse pas avec moi.

Comme à son habitude, Dogzilla revient du jardin en remuant la couette, à la fois pour me saluer, mais aussi et surtout, pour réclamer son biscuit du matin. Mug en main, je m'installe sur le canapé, quand j'entends mon portable sonner dans ma piaule. J'allume la télé et la console, puis je me dirige vers le couloir, où je croise Eyana. Elle a déjà attaché ses cheveux en queue de cheval et enfilé sa tenue de sport. C'est-à-dire un débardeur, accompagné d'un petit short, bien trop moulant à mon goût. Cette nana est sexy sans même s'en rendre compte. C'est super agaçant !

— Merci, me lance-t-elle au moment où je m'apprête à entrer dans la chambre.

Je la dévisage, un peu perplexe.

— Pour cette nuit, précise-t-elle. La conversation, tout ça, quoi.

Et voilà le retour de la charmeuse.

— Oh ! De rien. Je suis content que tu m'aies parlé.

— Oui, moi aussi, avoue-t-elle en baissant les yeux vers ses baskets. Bon, je vais...

Elle indique la direction du jardin avec son pouce. J'acquiesce en silence, et la regarde partir. Ou plutôt, je mate son joli petit cul s'éloigner.

Cette femme, dont le cœur pourrait accueillir le monde entier, me retourne le cerveau. J'aimerais tellement pouvoir jouer franc jeu avec elle. Tous ces non-dits entre nous, c'est peut-être ça qui nous bouffe. Cette pensée me fout en l'air ! Et putain, comment réagira-t-elle en apprenant la vérité ? Mais j'y suis obligé. Cela ne concerne pas que moi. Devon aussi est impliqué. Bien plus que moi, encore.

D'un pas ferme, je fonce vers la table de chevet pour attraper mon téléphone. Un mouvement de doigt sur l'écran, un peu trop virulent à mon goût, me permet de découvrir un texto de mon Président.

>Réunion à 13 h

Ni plus ni moins. Les grands discours, ce n'est pas le fort de Devon. Les formules de politesse, encore moins.

Comme désormais, on se rejoint chez Mama, c'est l'occasion pour elle de s'assurer que tout le monde va bien. Je sens que ça lui fait du bien de nous voir. Elle aussi a perdu de nombreux souvenirs chers à son cœur dans l'explosion. Sans parler de sa protégée, Gaby, et du petit nouveau,

Bryan.

Pour ma part, étant donné que je vivais là-bas avant mon incarcération, ce sont tous les dessins et photos de ma gosse. Cette pensée me taraude plusieurs fois par jour. Elle me fout en l'air. Alors, j'essaie de la chasser de mon esprit. Le résultat n'est pas très concluant.

Je reviens vers le jardin, pour annoncer à Eyana le programme de l'après-midi. La chaleur alourdit l'atmosphère, et je me demande comment elle trouve la force de se bouger ainsi.

— Ça tombe bien, me répond-elle entre deux squats, je dois justement y retrouver Kirby pour travailler.

Depuis quand les gonzesses se mêlent-elles des affaires du club ? Les deux se sont attribué la mission de créer et de gérer un site internet au nom du garage. Le but ? Nous trouver de la clientèle avec des véhicules de collection pour les conventions ou autres manifestations du genre. Et le moins que l'on peut dire, c'est que ça marche. Franchement, il y a encore quelques mois, si l'on m'avait dit qu'il y avait un créneau à prendre pour se faire du fric légalement avec ce genre de business, je ne l'aurais pas cru. Pourtant, le planning est blindé pour les trois prochaines semaines, et les demandes de rendez-vous ne cessent d'affluer de tout l'État.

— OK, rétorqué-je, en tournant les talons.
— Attends !

Je reporte mon attention sur elle, et sur sa peau déjà luisante.

— Depuis l'incident, commence-t-elle en attrapant la serviette sur la table, afin de s'éponger le cou, on n'a pas pu aller courir, parce que c'était trop risqué. Mais je t'avoue que j'aimerais bien libérer ma part animale. Ça me manque. Tu crois que l'on pourrait aller dans le désert, ce soir ?

Ce n'est pas mon loup qui me dirige. Contrairement à beaucoup de mes congénères, j'ai toujours gardé le contrôle sur lui. Sauf depuis qu'Eyana est entrée dans ma vie. Parfois, je le sens s'agiter, comme s'il demandait à prendre ma place auprès d'elle. C'est très étrange. Du coup, lui confier les rênes pour une fois me semble être une bonne idée.

— Ça doit pouvoir s'envisager. J'avertirai Devon, tout à l'heure.

— Merci, articule-t-elle tout sourire, en me jetant le bout de tissu au visage.

Grâce à mes réflexes aiguisés, je l'attrape au vol. Son air espiègle voudrait que je riposte, mais je n'ai plus envie de m'amuser. Ce petit jeu, dont je ne comprends pas les règles, commence sérieusement à me fatiguer.

Devon

Assis sur la balancelle, j'observe les abeilles qui butinent les fleurs multicolores, autour de la terrasse. Mama sait aussi bien s'y prendre avec les plantes qu'avec les gens. Je m'offre rarement des moments d'oisiveté, toutefois, mon corps ne pourra pas encaisser un seul coup de poing supplémentaire pendant une longue période. En plus, par mesure de précaution, j'ai dû trouver un autre endroit que le fight-club d'Albuquerque pour me défouler. La route jusqu'à Santa Fe est délicate et sans fin. Revenir en bécane en me tenant les côtes, ce n'est pas l'idéal.

Je me demande si je dois tout dévoiler à mes frères. Nous en avons discuté avec Smoke, et en avons conclu qu'en ces temps troublés, ce ne serait pas judicieux. Raymond, paix à son âme, m'a laissé un cadeau de merde lorsqu'il m'a recommandé pour lui succéder.

— Salut, Prez' !

L'arrivée de Clint stoppe mes divagations, et c'est tant mieux. Il vient s'asseoir à côté de moi, en me tendant une bouteille de bière. Je me dépêche d'avaler la dernière gorgée qui restait dans la mienne, pour m'emparer de la neuve.

— Dis-moi que tu as de bonnes nouvelles, lui ordonné-je en décapsulant ma boisson.

Mon V.-P. sourit de toutes ses dents.

— Erin a vu Marlo, ce matin.

Il marque une pause, et je prends sur moi pour garder mon calme.

— Alors ? grondé-je malgré tout.

— Son implication dans le vol de la came est bel et bien passée inaperçue. Pour preuve, il a reçu un nouveau stock de *Cactus*, livré par Sullivan en personne.

À mon tour, mes lèvres s'étirent pour dessiner un large sourire sur mon faciès ronchon. Puis, je me claque la cuisse, avant de lever ma bière pour trinquer à cette super nouvelle.

— Attends ! m'interrompt Clint en cognant sa bouteille contre la mienne. Il y a encore mieux.

— Vas-y, me fais pas languir !

— Marlo a même confié à Erin notre part du pognon. Le sac est sur la table.

— Waouh ! Putain ! On va pouvoir enfin passer à la phase deux.

Nous buvons une autre gorgée, avant de marquer une pause pour savourer l'instant.

— Tu l'as déjà averti ? s'inquiète-t-il, tout à coup.

— Non, pas encore. Mais je compte sur ton soutien.

— Évidemment, mais attends-toi à ce qu'il rechigne. Ils se sont beaucoup rapprochés, Eyana et lui.

— Je m'en doute bien.

— Et toi, avec Raven ? Ça s'est arrangé ?

Je le dévisage, éberlué. Depuis l'explosion du *Sans Souci*, elle m'en veut d'avoir sauvé les miches d'Eyana au lieu des siennes. Si elle croit que j'ai réfléchi. Dans le feu de l'action, j'ai agi, point barre.

— Non. Mais, ça me fait des vacances. Elle devenait étouffante. Et puis, tu connais mon opinion à ce sujet. Deux régulières occasionnelles valent mieux qu'une régulière à temps plein.

— Valent mieux qu'une régulière à temps plein, récite-t-il en même temps que moi.

Nous rions. L'ambiance légère, pour la première fois depuis de longues semaines, libère un poids sur ma poitrine. Mon loup semble s'apaiser. J'ai carrément l'impression qu'il s'est mis en mode veille. Il faut dire que lui aussi a bien morflé, lors de nos derniers combats.

— Et tant qu'on parle gonzesses, enchaîne Clint sur le ton de la confidence, c'est moi ou peut-être que je déraille, mais j'ai le sentiment que Mama et ton père se sont vachement rapprochés ?

Alors là, l'atmosphère s'alourdit d'un coup.

— Arrête tes conneries ! Depuis que tu es en couple, tu voudrais que tout le monde le soit.

— Avoue que l'on n'aurait jamais pensé qu'une seule nana puisse me contenter. En plus, je suis

heureux.

— Ouais... Ben, c'est pas une raison pour essayer de caser tout l'monde ! bougonné-je en me levant péniblement. Tu es en train de virer bonne femme, là. Ressaisis-toi, mon frère.

— Moi, bonne femme ? s'énerve-t-il en m'imitant. Putain ! Si t'étais pas aussi cassé, je te ferais ravaler tes mots sur le champ.

Ses yeux vert émeraude lancent des éclairs, et pourtant, son attitude m'amuse.

— Avec tes p'tits poings ? me moqué-je, en le toisant du haut de mes presque deux mètres, avant d'éclater de rire. On jouera aux osselets, après !

La douleur vicieuse nichée dans mes côtes tente de me rappeler à l'ordre. Sans succès. Clint n'est pas beaucoup plus petit que moi, une quinzaine de centimètres environ, mais il est beaucoup plus sec. Nous savons tous les deux que même dans mon état, je lui mettrais une branlée. Du coup, il s'esclaffe à son tour.

— Je déteste les osselets, rétorque-t-il pour la forme. Allez viens, les gars vont pas tarder.

— Ouais. Défile-toi, tu as raison.

J'aime avoir le dernier mot.

Dans la salle à manger style Louis XV, avec ses rideaux en dentelles et ses peintures accrochées aux murs, c'est le royaume des fleurs. On se croirait dans un jardin botanique. Les réunions chez Mama nous ramollissent. Elle nous habitue mal. Au centre de la grande table en chêne, autour de laquelle on se retrouve traditionnellement pour des soirées plus festives, trône une corbeille de fruits frais. Elle nous a même servi du café et des cupcakes maison. Bordel ! C'est une réunion de bikers, pas un goûter d'anniversaire. Vivement que les travaux de reconstruction du *Sans Souci* soient terminés.

De la poche intérieure de mon blouson, je sors le petit marteau en bois offert par Eyana, quelques jours après que je lui ai sauvé la vie. J'ignore comment elle a su pour le marteau, mais elle me l'a présenté comme un gage de paix entre nous. C'est vrai que nous ne sommes pas partis d'un très bon pied, en grande partie par ma faute. En plus, je reconnais que son intervention pour se séparer du cartel a accéléré le mouvement. Même si le club est loin d'être sorti d'affaire. Notre guerre contre Romero et ses sbires ne fait que commencer. Pourtant, je suis convaincu qu'elle n'hésitera pas à retourner au charbon si on le lui demande. La loyauté. Rien de tel pour se forger une place au sein de notre famille.

J'attends que Smoke et Luke s'installent, puis, suite à la requête de la maîtresse de maison, je toque « délicatement » sur le chêne. Ou en tout cas, le plus délicatement que je peux.

— Exceptionnellement, je vais commencer cette réunion par un point sur l'activité du garage. L'agenda se remplit à une vitesse impressionnante, et chacun d'entre vous bosse comme un forçat. Pour cette raison, je tiens à tous vous remercier.

Des hochements de tête approbateurs et de

grands sourires se dessinent sur les visages de mes frères.

— Mon père, qui gère les comptes, a constaté une hausse du chiffre d'affaires de plus de 150 %.

—152, pour être exact, me corrige celui-ci.

Je lève les yeux au ciel, mais ne dis rien. Je ne veux pas gâcher ce moment d'allégresse.

— Voilà, 152, répété-je pour la forme. Cependant, vous ne pouvez pas tous continuer à enchaîner les heures sup comme vous le faites, tout en vous assurant de la sécurité des lieux. Les rondes régulières et les gardes de nuit nous épuisent tous. La perte de Bryan est toujours présente dans nos esprits, je le sais bien, malgré tout, nous devons avancer. C'est pourquoi j'ai pris la décision d'embaucher. Ce matin, j'ai vu avec Kirby pour qu'elle diffuse une annonce. J'ose espérer que parmi les candidats, il y aura des lycanthropes prêts à rejoindre le club, en tant que prospect, bien sûr.

— Heu... m'interrompt Tyler à ma gauche. Je connais bien un gars qui serait intéressé, mais franchement, c'est un coureur de petites culottes, qui en a pas lourd dans la caboche. Malgré tout, il est loyal et il obéit plutôt bien aux ordres.

— Pourquoi n'avoir jamais parlé de lui, avant ? s'étonne Luke.

— Parce que je ne voulais pas qu'il vole toutes les groupies juste sous le nez de Clint. Mais maintenant qu'il est casé, c'est plus pareil !

Les gars rient de bon cœur, et ça fait vraiment du bien de les voir si détendus. Pourtant, je vais à nouveau devoir jouer les trouble-fêtes, et ça me les brise d'avance.

— Connard ! s'exclame Mamba en lui lançant un morceau de sucre à la figure.

— Mama va encore rouspéter si on lui rend sa salle à manger toute dégueulasse, détaille Ty en se penchant pour ramasser le projectile.

— Bon, allez, ça suffit, là ! On n'a pas beaucoup de temps. Je vous rappelle qu'il faut retourner au garage tout à l'heure, et que les vigiles nous coûtent une blinde.

Je crains tellement de nouvelles représailles de la part de Romero, que lorsque je ne peux laisser personne faire le guet devant notre lieu de travail ou nos maisons, j'ai passé un contrat avec une société de gardiennage.

— D'où tu le connais ton gars ? demandé-je à mon sergent.

— On était à l'armée ensemble. Bolder a fini par quitter leurs rangs. Maintenant, il cherche un job. Je l'ai croisé par hasard, dans une station-service. Il m'a filé son numéro de téléphone, au cas où.

— OK, appelle-le, dis-lui que je veux le voir ce soir. Quelqu'un d'autre a un prospect éventuel planqué dans sa manche ?

Mes frères s'observent quelques secondes, en silence.

— Tant pis. Espérons que la publicité porte ses fruits. En parlant de porter ses fruits, votre cher Vice-Président n'est pas venu les mains vides cet après-midi.

Je lui adresse un hochement de tête, pour lui

laisser l'honneur de divulguer la bonne nouvelle.

— Ce matin, Erin a rendu visite à nos nouveaux alliés, les djinns. Marlo lui a remis notre part de la came volée dans le fourgon. C'est jour de paye, les gars !

Des coups de talon sur le carrelage, assortis de hurlements de loups, résonnent dans la pièce. Ils manifestent tous leur joie, sauf Smoke, qui reste immobile, en retrait.

Nous avons longuement discuté, juste après son accident avec Eyana, en revenant du meeting. Le retour à la vie civile s'avère plus compliqué qu'il ne l'avait présagé. Raymond était notre Président au moment de son incarcération. Un tel changement n'est pas anodin. En plus, je n'ai pas pris le temps d'aller le voir à Santa Fe. Nous avons donc dû régler certains aspects de sa réintégration directement sur le terrain. Et autant appeler un chat, un chat, l'arrivée d'Eyana n'a pas simplifié les choses non plus.

— Devon, m'interpelle Clint en posant l'énorme sac de sport devant ma tronche. Tiens, à toi de faire la distrib.

Je me lève, ouvre la fermeture éclair, et plonge mes doigts à l'intérieur. Je procède à plusieurs tours de table, en jetant une liasse de billets devant chacun de mes frères, sans oublier de garnir un tas au centre, à côté de la corbeille de fruits. Sur celui-là, j'en balance deux d'un coup. Il servira pour les dépenses du club.

— C'est con que l'on n'ait pas un second bar, clame Luke. J'aurais bien aimé boire une pression

bien fraîche pour fêter ça, en regardant une jolie nana s'effeuiller.

— S'effeuiller ? s'étonne Rusty. Ton vocabulaire devient plus sophistiqué, on dirait. Je parie que l'influence de ta sœur n'y est pas étrangère.

— N'importe quoi ! réplique Luke en haussant les épaules. Je savais causer bien avant son arrivée. Mais peu importe ! Ce que je veux dire, c'est qu'elle a quand même eu une putain de bonne idée, en disant que l'on devrait acheter d'autres bars.

Sur ce point, j'admets qu'il a raison. Moi qui n'aime pas trop me projeter dans l'avenir, j'ai plutôt tendance à me concentrer sur le présent, j'ai même commencé à regarder les annonces de cessions de commerces, ainsi que les offres immobilières. Une première en somme.

— C'est vrai que c'est une idée séduisante, confirmé-je à voix haute. Ce sera quelque chose qui sera mis au vote, lorsque nous serons définitivement sortis du viseur du cartel. Pour l'instant, il nous reste encore beaucoup à faire pour y parvenir. L'étape suivante consiste à trouver le labo où est fabriqué la *Cactus*. Il n'y a que de cette façon que nous pourrons rayer Romero et son business de la carte. On ne peut pas laisser le nouveau maire de la ville d'Albuquerque nous mener la vie dure sous prétexte qu'il a désormais toutes les forces de police à sa disposition. On ne peut plus faire deux miles avec nos blousons sur le dos, sans qu'un con de flic nous tombe sur le poil.

— Ouais ! s'exclame Luke.

— Bien dit, fiston.

— Je suis d'accord, approuve Ty.
— Smoke ? l'interpellé-je. Tu n'as pas prononcé un mot depuis ton arrivée. Ça va ?
— Ça roule, Prez'.
— Bon, parce que j'ai une mission pour toi.
— Je t'écoute.
— Tu m'as bien dit avoir tissé quelques liens avec les Guerreros durant ton séjour en taule ?
— Exact.
— Bien. J'aimerais que tu ailles les voir, et que tu fasses en sorte qu'ils s'allient avec le club. Une mission diplomatique, en somme.
— Tu veux que j'aille au Mexique ?
— C'est ça. Leur truc à eux, c'est la méthamphétamine. Seulement, il leur manque un distributeur de ce côté de la frontière. Comme les djinns se sont habitués à un certain train de vie, ils craignent une perte financière importante lorsque la *Cactus* aura disparu. Ils aimeraient s'associer avec les Guerreros, pour qu'ils puissent étendre leur territoire. Pour y parvenir, ils ont besoin d'être introduits.
— Tu veux supprimer une merde de nos rues, pour la remplacer par une autre ? s'exclame Luke.
— C'est la loi du marché, rétorqué-je. Quand nos chers gouvernements légalisent une drogue dite douce, comme le cannabis, les dealers sont bien obligés de se rabattre sur autre chose, comme l'ecstasy ou la cocaïne, pour continuer leur business. Là, c'est pareil. À la différence que nous, nous serons libres de nous tourner vers des affaires légales.
— Je ne vois pas en quoi les mettre en contact va

nous aider ? demande Smoke.

— On sait de source sûre, puisqu'on tient l'info de Sullivan, que c'est le cartel lui-même qui fabrique la *Cactus*. Nous devons donc trouver le labo et le détruire. Il faut frapper à la source, si on veut vraiment en finir. Les Guerreros ont sûrement des connexions au Mexique qui nous serviront à localiser le labo. Au pire des cas, ils pourront se renseigner. Cependant, il n'y a que toi qui peux aller les rencontrer sans risquer de se faire dégommer.

— J'ai une question, m'interrompt Rusty, et pas des moindres. Je ne crois pas que les Guerreros soient tous des lycanthropes, si ?

Smoke se frotte le menton, visiblement gêné.

— En majorité, finit-il par marmonner. Mais d'après les rumeurs, il y a d'autres races de surnats dans leurs rangs, ainsi que des humains. Après, ce ne sont que des racontars, sans véritables fondements.

— Ouais, mais des humains, quand même ! s'étonne Luke. Le Haut-Conseil mexicain tolère une telle infraction au code ?

Pour toute réponse, Smoke esquisse une moue sceptique, assortie d'un haussement d'épaules.

— De toute façon, c'est pas notre problème, tonné-je. On s'en fout nous, du Haut-Conseil mexicain. Je m'en tape déjà le flanc du nôtre, alors le leur ! Le principal, c'est d'aller les rencontrer et de leur montrer où se trouve leur intérêt à collaborer avec nous. Smoke, tu pars demain matin, avec Tyler.

Je n'attends pas de réponse de sa part. Pour moi, c'est acté, et il n'y a rien à ajouter.

— Si le prospect que tu m'envoies ce soir fait l'affaire, continué-je en m'adressant à mon sergent, il vous accompagnera. Comme tu seras automatiquement son parrain, ce sera l'occasion de le tester.

— Mais je croyais que malgré les plaques mexicaines, tu pensais que le labo se trouvait de notre côté de la frontière ? me demande Ty, surpris.

— Je n'ai aucune certitude à ce sujet, expliqué-je. Les djinns et les Skulls activent leurs réseaux d'informateurs pour répondre à cette question.

— Tu as encore mêlé les Skulls à nos histoires ? s'emporte mon père.

— Putain ! Pourquoi vous avez tous si peur du Haut-Conseil ? En plus, les Skulls connaissent l'existence de la *Cactus*. Je vois pas ce qui pourrait attirer leur attention sur notre monde.

Face au mutisme de mes frères, je m'apprête à stopper la séance, quand Smoke intervient.

— Et pour Eyana ? Qui va rester avec elle ? Il est trop dangereux de la laisser seule. En plus, elle refusera de quitter sa maison, surtout avec Dogzilla.

— Elle viendra chez moi le temps de ton absence, chien ou pas chien, et qu'elle le veuille ou non. Quant à Kirby, elle habitera ici.

Ty approuve silencieusement, pendant que Smoke grogne. Il tente de se montrer discret, mais sans succès.

— Un truc à redire ? lui demandé-je.

Je sais qu'il domine parfaitement son loup, mais lorsque j'aperçois un éclair jaune zébrer ses pupilles quelques microsecondes, mon poil se hérisse. C'est la toute première fois que cela se produit. En a-t-il seulement conscience ? Il finit malgré tout par se calmer, et lève la main en signe d'apaisement.

— Bien, alors, c'est décidé, tranché-je en toquant un peu trop fort du marteau. Est-ce que quelqu'un souhaite ajouter quelque chose ?

Le marteau retentit une seconde fois, et la voix de Mama dans la cuisine s'élève :

— Doucement avec ma table en chêne !

Eyana

La gestion du site internet pour le garage prend peu de temps. Le plus chronophage est de contacter et de convaincre les organisateurs de conventions de véhicules de collection, ou de motos, ou même de tatouages, de s'allier à nous. Ils collaborent tous avec leurs sponsors depuis des années. Nous, on arrive sur le marché, sans aucune recommandation ni réputation. De plus, la majorité de ces organisateurs sont bénévoles. Accorder leurs horaires aux nôtres relève du miracle.

Kirby a réalisé un super boulot avec l'annonce de recrutement que lui a demandée Devon, pour trouver un nouveau mécano. On a déjà reçu quatre réponses. Évidemment, le critère déterminant sera la nature du candidat. Nous sommes conscients que même si les surnats sont nombreux, les qualités que nous recherchons restent rares.

— Pause ! clame Kirby. J'ai mal aux yeux à force

de fixer cet écran de malheur. C'est signe qu'il faut faire une pause.

La bonne excuse... Je commence à bien la connaître. Presque deux semaines que l'on s'enferme tous les jours dans l'ancien bureau de mon père, ça crée des liens.

J'ai ressenti un profond malaise la première fois que je suis rentrée dans cette maison, comme si je ne me trouvais pas à ma place. Heureusement, la présence de mon frère, et le tempérament chaleureux de Mama m'ont permis de me détendre très rapidement. J'aime travailler ici, au milieu des photos et des souvenirs de mon père. Je me sens plus proche de lui.

— Je vais nous chercher deux cafés, lance-t-elle toute guillerette, et tu me raconteras comment ça se passe avec ton colocataire.

Je le savais. Depuis que j'ai eu le malheur de lui dire que Nolan ne me laissait pas indifférente, elle me demande inlassablement comment évolue notre relation. J'avoue que mes sentiments pour lui ont pris bien plus d'ampleur que je n'ose l'admettre à voix haute, tellement cela m'effraie. De plus, Kirby m'a raconté son passé, avant son incarcération. La façon dont il courait les filles. Elle-même le trouve changé. En bien, d'après ses dires. Et malgré les recommandations de Mama, et le discours tenu par Devon le soir de mon arrivée, elle ne cesse de me répéter que nous formerions un couple parfait.

Je ne comprends pas ce qui lui permet de penser ça. Ces derniers temps, j'ai si peur de me laisser aller avec lui, que mon comportement en devient absurde. Je m'agace moi-même, ce n'est pas peu dire !

De plus, je ne sais toujours pas si je veux rester à Albuquerque. Un soir, j'ai même branché l'ordinateur pour voir si le chalet que je louais au Canada était encore disponible. Mes finances ont certes pris du plomb dans l'aile, pour autant, j'espère arriver à économiser suffisamment pour repartir. Après tout, ma mission est accomplie. Mon frère va beaucoup mieux. Le club est revenu à des affaires légales. Il serait sans doute temps que je pense de nouveau à moi.

Par la porte entrebâillée, j'entends des bribes de conversation en provenance de la salle à manger, juste en dessous, là où se réunissent les Loups. Les imaginer dans cette pièce ornée de dentelles et de fleurs m'arrache un sourire. Les mots Mexique et méthamphétamine m'interpellent. J'espère qu'ils n'envisagent pas de vendre cette saloperie. Une colère sourde émerge au fond de moi, telle la lave d'un volcan endormi. Je refuse que les morts de Bryan et de Gaby soient si vite oubliées. Il est hors de question que le club se lance dans ce genre de trafic, d'autant plus qu'avec Kirby, on fait notre maximum pour développer le garage, en attendant que le *Sans Souci* renaisse de ses cendres. Ensuite, même si nous n'avons pas de visu sur les finances, on espère convaincre Devon d'acheter un autre bar.

Ce soir, je discuterai avec Nolan, après notre balade. Nous serons plus détendus pour aborder un tel sujet, qui, je le sens, s'annonce sensible.

Kirby revient, et pose son plateau entre nos deux ordinateurs. L'odeur corsée en provenance des deux énormes tasses fumantes emplit rapidement l'espace confiné du bureau. Mama a pris soin d'ajouter deux cupcakes, dont un spécialement saupoudré de cannelle juste pour le plaisir de mes papilles.

— Alors ? s'impatiente déjà la jolie blonde, en trempant un morceau de gâteau dans sa piscine de café. Dis-moi tout !

J'hésite. Si je lui avoue que j'ai dormi avec Nolan, elle risque de s'imaginer tout un tas de choses. Et en même temps, avec qui d'autre puis-je partager les angoisses qui me tenaillent ?

— Je me suis réveillée dans ses bras ce matin, sifflé-je, presque honteuse.

— Huuuummmm, lâche-t-elle en se dépêchant d'avaler. Donne-moi des détails !

— Il n'y a pas grand-chose à raconter, tu sais. J'ai fait un cauchemar, il est venu me réconforter, et de fil en aiguille, on s'est endormis.

Elle plisse les paupières à tel point que je distingue à peine ses pupilles noires dans ses iris gris.

— De fil en aiguille ? C'est un nouvel euphémisme pour dire que vous vous êtes vus tout nus ?

Même si je ressens une certaine gêne, je ne peux m'empêcher d'exploser de rire.

— Non, rétorqué-je finalement. Et puis à quoi bon continuer à en parler ? Tu connais très bien mon opinion à ce sujet.

— Oh, tu n'es pas drôle ! se lamente-t-elle. Je

suis sûre qu'il n'attend qu'un geste de ta part, en plus.

Le pire dans ce qu'elle vient de dire, c'est que j'ai l'impression qu'elle a raison. Seulement, j'ai tellement peur de confier de nouveau mon cœur et de souffrir, que je préfère ignorer les signaux, au risque même de perdre son amitié.

— Tu ne veux pas changer de sujet ? J'ai entendu des bribes de la réunion, au rez-de-chaussée. Les mots Mexique et méthamphétamine ont été prononcés. Tu es au courant de quelque chose, peut-être ?

Son sourire s'efface, pour céder la place à l'inquiétude.

— Tu en es sûre ?

Sa question entraîne le doute dans mon esprit. Je m'octroie une courte pause pour me remémorer l'instant.

— Il me semble bien, oui.

— Ces deux dernières semaines ont été éprouvantes pour tout le monde. Il est impensable qu'ils puissent envisager, même une seconde, de se lancer dans un tel trafic.

Ses yeux gris s'illuminent d'une teinte jaunâtre. Cette couleur particulière est réservée aux lycanthropes qui possèdent des prédispositions pour atteindre le statut d'alpha. Il est donc rare que les louves en soient dotées. Comme j'ai pu le constater sur Raven, le jour de notre altercation dans la cuisine, elles ont plutôt les iris orangés.

— La soirée avec mon cher et tendre s'annonce mouvementée, gronde-t-elle.

Je n'aimerais pas être à la place de Tyler, même si celle de Nolan ne sera probablement pas plus enviable.

Tylio

Olivia entame son troisième jour d'isolement dans son officine, comme elle l'appelle. L'expérience avec l'échantillon de sang d'Eyana prélevé lors du meeting a été concluante. Depuis qu'elle a obtenu un résultat, certes de quelques minutes seulement, mais résultat tout de même, avec cette souris, sa santé se dégrade à vue d'œil. Le lien qui nous unit est si puissant que je ressens sa détresse et son malaise au fond de mes entrailles.

En même temps, combien de chances y avait-il au monde pour que moi, un originel, je tombe amoureux d'une descendante directe des Cromwell ? Son ancêtre, Aurora, a contribué à la création de ma race. Elle fut l'une des trois sorcières présentes cette nuit-là, pour lancer le sortilège qui transforma un simple couple de paysans en lycanthropes.

Mon Olive ne dort presque plus. Elle est si absorbée par son travail qu'elle ne s'alimente que lorsque je la surveille. Pour ce faire, je dois m'installer à table avec elle. Je n'en peux plus de ce comportement limite enfantin. Je veux retrouver celle que j'ai connue. Une force de la nature, fière et combattante.

Je pose le plateau-repas sur la commode, puis je frappe à la porte.

— Pas maintenant ! lance-t-elle à travers le panneau de bois.

Avant de répondre, j'inspire et j'expire lentement, les yeux fermés.

— J'apporte le déjeuner, ainsi qu'une surprise.

— Est-ce que ta surprise c'est Eyana ?

J'ai beau lui avoir expliqué dans les grandes lignes que je ne peux pas mobiliser mes hommes en ce moment pour satisfaire son exigence, elle n'en démord pas.

— Non, soufflé-je exaspéré, tandis que je sens mes iris rougir.

À cause de mon aspect mi-homme, mi-animal, lorsque je me transforme, je dois éviter que l'on me découvre. De plus, mon loup est brutal, bien plus que celui des autres lycanthropes. Quand je le libère, j'essaie de l'empêcher d'égorger tout ce qui passe à sa portée, avec plus ou moins de succès. Les légendes racontent que mes ancêtres sont devenus fous, à force de laisser leur instinct prendre le dessus. J'ai donc choisi de rester sous forme humaine le plus longtemps possible, afin de me protéger, mais surtout afin de la protéger, elle.

Je ne veux pas risquer de blesser Olivia. Sénile ou

pas, je suis convaincu que je ne le supporterais pas.

— Ouvre la porte, articulé-je posément. J'ai besoin de te voir, mon Olive.

Grâce à la douceur que j'insuffle dans ces derniers mots, mon cœur s'apaise. Et lorsque le bruit de la clé dans la serrure retentit, le bleu dans mes yeux reprend le dessus. J'abaisse la poignée, vu qu'elle ne se donne pas la peine de le faire, puis je pousse le battant avant de récupérer le plateau.

Une odeur de soufre, d'herbes aromatiques et d'hémoglobine remplace aussitôt le fumet des plats que je porte. Olivia me tourne le dos, trop accaparée par une décoction de couleur violine qui circule dans les tuyaux en verre d'un alambic. À l'aide du plateau, je dégage les différents documents qui jonchent son bureau, pour me délester. Sur les paillasses autour de nous, des bocaux, des potions, des grimoires, ainsi que des plumes et différents ingrédients. Bien en évidence, dans un récipient transparent, flotte la petite souris grise, ancien témoin de sa réussite éphémère.

— Tout le monde s'inquiète pour toi, ma beauté, moi le premier, expliqué-je en réunissant les papiers pour éviter de les tacher en mangeant. Victoria t'a même préparé ses fameuses lasagnes. Et pour les accompagner, j'ai mis à décanter ton vin favori, un Château Haut-Brion.

— Tu t'es surtout dit que si je buvais suffisamment, réplique-t-elle d'un ton amer, cela m'aiderait à dormir.

À pas feutrés, je m'avance derrière elle pour saisir sa taille, et la forcer à me regarder. D'énormes cernes noirs, assortis à ses cheveux, contrastent avec le vert de ses yeux. Ses joues creusées et son teint pâle finissent de m'enhardir. Tant pis si je dois m'énerver un peu. Elle va trop loin en jouant ainsi avec sa santé. Je ne peux plus tolérer cette attitude qui la met clairement en danger.

— Ce que je me suis dit n'a aucune importance. Tu vas t'asseoir, manger et boire cet excellent vin, ou du moins, je présume qu'il est excellent, et ensuite, tu vas m'accompagner là-haut, pour te reposer quelques heures.

Mon ton ferme est sans appel, pourtant, elle trouve encore la force de négocier. Je la retrouve enfin, mon Olive.

— Je ferai ce que tu me demandes, à une condition.

Je me doute très bien de quoi il retourne. Malgré tout, je tends la main pour l'inviter à poursuivre.

— Si tu me promets de me ramener Eyana dans les 48 heures, j'accepterai de faire tout ce que tu voudras.

Les promesses ont quelque chose de sacré, il en a toujours été ainsi entre nous. Je cède. Après tout, ce n'est pas comme si j'ignorais où elle se trouve. C'est juste qu'après le vol de la *Cactus*, j'ai dû mobiliser mes hommes pour achalander le laboratoire au plus vite. Heureusement, Sullivan est dévoué et loyal. Grâce à lui, les choses sont presque rentrées dans l'ordre.

— 72 heures. Je te promets qu'elle sera ici dans les 72 heures.

Olivia hésite, puis finit par hocher la tête, avant de s'installer sur une chaise.

Eyana

Je suis ravie ! En plus d'avoir une super nouvelle à annoncer à Nolan ce soir, j'ai enfin pu échapper à la surveillance du club. Tous avaient les mains dans le cambouis. Du coup, ils ont juste laissé Rusty et un gars de la société de sécurité en faction devant la maison. Pour moi qui ai vécu des situations bien plus périlleuses, trouver une faille pour m'esquiver ne m'a pas pris plus de deux minutes. Le plus délicat a été de gruger Kirby. Au vu des textos qu'elle me bombarde, elle n'a pas apprécié. La journée de demain s'annonce houleuse. Tant pis ! J'avais besoin de solitude, et pour une fois, j'ai même envie de cuisiner. Une chose qui doit se produire à peu près tous les dix ans, donc autant en profiter.

Je n'ai rien prévu d'extravagant. Après un passage chez le primeur et le boucher, je rentre à la maison à pied en savourant la douce brise fraîche.

L'automne arrive, et je m'en réjouis.

Je pensais trouver une Harley dans mon allée, mais il n'en est rien. Cela signifie que malgré sa colère, Kirby a tenu sa langue, et que Mama et Rusty n'ont pas remarqué mon départ.

Dogzilla m'accueille avec sa fougue habituelle. En clair, je le retrouve allongé le ventre à l'air sur le canapé. Loin des préoccupations du club, il fait sa petite vie tranquille. Nous devrions prendre plus souvent exemple sur la façon dont nos compagnons à quatre pattes profitent de l'instant présent, sans se poser toute une pléthore de questions.

— *Tu es toute seule ce soir ?* me demande-t-il en descendant nonchalamment.

Je le caresse pour le saluer, puis je m'avance vers la cuisine pour me délester de mes sacs.

— Nolan ne devrait pas tarder.

Je mets la viande au frigo, et récupère la poche de légumes, avant d'ouvrir la baie vitrée. Dogzilla s'élance dans le jardin, saisit sa balle qu'il vient aussitôt déposer à mes pieds.

— Je te la lance une fois, et après j'allume le barbecue.

Ouais... Ça, c'est ce qui aurait normalement dû se passer. Sauf que je suis trop gentille. Du coup, une activité qui en principe ne devrait pas prendre plus de cinq minutes exige le triple de temps. Heureusement, la cuisson des légumes ne nécessite pas une surveillance accrue.

De plus, j'ai beau faire d'horribles cauchemars toutes les nuits, où je revis ce tragique accident en Afghanistan, je dois quand même remercier Nolan et sa patience d'ange. Grâce à lui et à nos séances quotidiennes pour me montrer que le feu n'est pas forcément un ennemi, je peux désormais allumer un barbecue et rester à proximité sans trop de répulsion.

Je viens tout juste de finir d'éplucher les oignons et les tomates, lorsque le bruit d'un moteur de Harley retentit dans la rue. J'attrape un poivron encore bouillant en me maudissant de les avoir gardés pour la fin. Non contente de me brûler les doigts en retirant leur peau fine, je vais sans nul doute, en parallèle, me prendre un super savon pour être partie toute seule.

La porte d'entrée s'ouvre à la volée. Aussitôt, la voix rauque de Nolan s'élève dans le salon.

— Eyana ? Tu es là ?

À la façon dont il clame mon prénom, c'est sûr, il est très contrarié.

— Dans le jardin !

— Putain ! Tu m'as foutu une de ces frou...

— Frousses ? achevé-je pour lui.

Médusé, ses pupilles noires exécutent plusieurs allers-retours entre le barbecue et moi.

— Tu as allumé un feu ?

Amusée, la bouche en « o », je me retourne pour jeter un œil en direction des braises encore rougeoyantes.

— On dirait bien, oui, finis-je par répondre en souriant. J'ai même cuisiné, dis donc !

Il retire son blouson, qu'il pose sur une des chaises en plastique. Debout, ses mains en appui sur le dossier, nous nous fixons. Un long silence s'éternise, le temps se fige, et dans ses prunelles sombres, je devine parfaitement la fierté qu'il ressent. Et j'avoue que moi aussi, je suis plutôt fière de moi.

— Bon... J'allais t'engueuler d'être partie toute seule de chez Mama, mais là, je me sens un peu con.

— Si tu allais nous chercher deux bières, ça t'occuperait et ça dissiperait la gêne, non ?

— Ouais... admet-il en revenant sur ses pas.

— *Il m'a même pas dit bonjour*, ronchonne Dogzilla. *Il ne voit vraiment que toi, c'est pas croyable !*

Je lève un sourcil soupçonneux en direction de mon chien, dont je préfère ignorer la seconde partie de sa réflexion.

— Dogzilla se plaint, parce que tu ne lui as pas dit bonjour, expliqué-je à l'accusé, qui pose une bière ouverte juste devant moi.

— Oh... Excuse, mon pote.

Nolan le gratifie de quelques tapes amicales sur le flanc, avant d'attraper la balle pour la lui lancer.

— Pour ma défense, enchaîne-t-il, j'étais légèrement inquiet pour ta maîtresse, qui n'a rien trouvé de mieux que de disparaître au nez et à la barbe de tout le monde. Alors qu'elle sait très bien que c'est dangereux de rester seule en ce moment.

J'avale quelques gorgées de houblon, en essayant de réprimer le sourire satisfait qui ne demande qu'à s'installer sur mes lèvres.

— J'avais besoin d'un peu d'air, ce n'est pas un crime. En plus, comme tu peux le constater, je vais très bien. Et puis, au lieu de ronchonner, figure-toi que j'ai une bonne nouvelle à t'annoncer.

Avant de l'interroger façon Gestapo au sujet du Mexique et de la méthamphétamine, il me semble préférable d'adoucir un peu l'ambiance.

— Ah ? s'étonne-t-il en prenant place à côté de moi. Je t'écoute.

— J'ai décroché un rendez-vous avec un sponsor potentiel. Je dois le rencontrer dans deux jours. Apparemment, c'est un passionné de voitures anciennes.

— C'est super. Tu y vas avec Kirby, je suppose ?

— Bien sûr.

— Parfait. Elle est plus raisonnable que toi. Elle ne manquera pas d'organiser l'entretien avec Devon pour qu'il vous dépêche une escorte.

— Tu t'imagines que nous sommes des petites filles sans défense, ou quoi ? Ça devient vraiment très agaçant d'être sans arrêt surveillée. Je te rappelle que je sais me battre, et me transformer en animal bien plus féroce qu'un loup, si je le désire. Et Kirby aussi n'est pas en sucre.

Moi qui comptais détendre l'atmosphère, on ne peut pas dire que je m'y prenne particulièrement bien.

— Tu es une vraie tête de mule ! s'exclame-t-il en se levant. Je ne te demande pas grand-chose, juste d'être prudente et de respecter quelques règles. Je ne comprends pas où se trouve la difficulté.

— La difficulté ? répété-je en me redressant à mon tour. La difficulté, figure-toi, c'est que j'ai passé des années à obéir à des ordres. Et crois-moi, certains, si j'avais pu, je les aurais ignorés. Surtout quand tu es en première ligne et que tu vois tes collègues et amis tomber un à un. Alors, vos règles, vos consignes, peu importe comment tu les appelles, je n'en peux plus. Le club n'a pas tous les droits. Et vous ne pouvez pas imposer votre loi sur toutes les personnes qui vous entourent.

La respiration courte, les mains tremblantes, je rentre dans la maison au pas de course. Par chance, Nolan ne me suit pas. Après un bref arrêt dans la salle de bain, je m'enferme dans ma chambre, afin de recouvrer un peu mon calme.

Allongée, les yeux rivés sur le plafond blanc, je me repasse la scène en boucle. Je n'ai pas envie de me disputer avec Nolan. Voire, je déteste ça. Pourtant, ces derniers temps, on dirait que c'est devenu notre seul mode de communication.

Alors que je réfléchis à un moyen de sortir et d'apaiser la situation entre nous, deux petits coups discrets frappés contre la porte m'extirpent de mes pensées.

— J'ai dressé la table, et j'ai fini de préparer le repas. Tu viens manger avec moi ?

Un sourire étire mes lèvres. Je sais que ce n'est pas Nolan qui décide, et qu'il ne fait que se conformer à des règles établies depuis longtemps. Seulement, je n'ai que lui sous la main. Leur cher Président étant très occupé, difficile de lui mettre le grappin dessus. Il ne perd rien pour attendre, celui-là !

— J'arrive, soufflé-je avec une certaine appréhension.

Car oui, je dois encore parler de sujets qui fâchent. Cependant, il sera sans doute plus raisonnable de patienter jusqu'à notre retour de promenade, dans le désert.

Après un repas dans une ambiance plutôt décontractée, compte tenu des circonstances, nous prenons sa moto pour nous rendre dans le désert.

Je vais pouvoir libérer ma part animale.

Enfin !

Les bras autour de sa taille, j'apprécie de plus en plus ces moments où je me retrouve collée contre lui. J'ai remarqué qu'à chaque fois que cela se produit, mon cœur se synchronise avec le sien. C'est étrange, mais très apaisant.

Nous nous garons à proximité de gros rochers, parfaits pour me permettre de me déshabiller en toute discrétion. Mon chauffeur a compris depuis longtemps qu'ayant évolué au contact des humains, je suis moins à l'aise avec la nudité que la plupart des surnats.

— Tu sais en quel animal tu vas te transformer ? m'interroge Nolan en retirant son casque.

— Comme j'ai l'impression que ça fait une éternité que je n'ai pas galopé, je vais aller au plus simple.

— En chien, donc.

— Ou pour être précise, en berger australien, clamé-je en m'éloignant.

— Ne te retourne pas, d'accord ? J'ai commencé à me désaper, et je ne veux pas que tu me voies tout nu.

Je ris. Malgré nos petits différends, Nolan conserve son sens de l'humour. Un trait de caractère que je lui envie.

— Rassure-toi. Je n'en avais pas l'intention.

— Dommage ! Tu ne sais pas ce que tu rates.

À peine ai-je retiré mon débardeur, que la voix de Nolan me parvient, mais de façon déformée. Exactement comme la dernière fois où nous sommes venus avec Luke.

— *Pourquoi je m'acharne ?*

Je me penche légèrement pour le regarder. Il a pris sa forme de loup. Sa fourrure noire chahutée par la brise me donne à nouveau l'envie d'y plonger mes doigts.

— *Elle m'a hypnotisé dès que j'ai croisé ses yeux couleur lagon, et depuis, je n'arrive pas à me la sortir de la tronche. Tout me plaît chez elle, y a rien à jeter. Même son satané caractère. Bon, mais qu'est-ce qu'elle fout ?*

Il se retourne, et je me recule d'un pas vif. Intriguée, je porte les doigts sur le pendentif de ma mère. Nolan grogne, et je réalise que je n'ai pas le temps de m'appesantir sur ma découverte. En plus, je sens ma part animale qui s'agite, me suppliant presque de la libérer.

Comme je sais que la chaîne du papillon est assez longue pour que je puisse le conserver, je me transforme en le gardant autour du cou. Puis, ni une ni deux, je sors de ma cachette, la truffe au vent. Le parfum à la fois épicé et chocolaté de Nolan vient me chatouiller les narines. Je croise son regard de charbon, lorsqu'un éclair jaune le traverse. J'ignorais qu'il avait des prédispositions au statut d'alpha.

— *Putain ! Ses yeux. Je m'y noierais volontiers jusqu'à la fin des temps.*

Percevoir ses pensées à son insu me gêne autant qu'elles me rassurent. Je constate, avec un certain soulagement, que Kirby avait raison. Il semblerait que Nolan ressente de vrais sentiments à mon égard, pas une simple attirance. Mon cœur s'emballe, et comme je sais qu'il l'entend, je m'élance avec l'espoir de faire passer ce moment d'allégresse par de l'excitation.

— *Ah ! Enfin !*

Grâce à son gabarit qui fait au moins deux fois le mien, Nolan me rattrape aisément. Nous croisons quelques coyotes, heureusement trop occupés à s'acharner sur leur dîner pour nous remarquer, ainsi qu'un jaguar. Lui nous regarde traverser son territoire, sans bouger. J'ignore pendant combien de temps nous courons. Mes pensées, tout comme celles de Nolan, sont en pause. J'apprécie de mettre mon cerveau à l'arrêt, pour me concentrer uniquement sur les bruits et les odeurs que nous offre la nature.

Quand tout à coup, les mâchoires mordantes d'un piège se referment sur ma patte arrière. Emportée dans mon élan, je la sens se distendre, me blessant encore plus. Je couine. Or, sous l'intensité de la douleur, mon gémissement se termine en cri pur et dur. J'ai retrouvé ma forme humaine sans même m'en rendre compte. Les larmes aux yeux et le souffle court, je me tiens la jambe, pendant que Nolan reprend aussi son apparence.

— Putain de braconniers de merde ! vocifère-t-il en s'approchant. Je nous ai conduits dans une réserve exprès pour éviter ce genre de problème. Laisse-moi regarder.

Je retire mes mains, et constate avec un certain soulagement que le piège est dépourvu de dents. Nolan empoigne chaque côté de l'engin, avant d'appuyer de toutes ses forces pour me libérer. Je grimace en récupérant mon membre. Les muscles et les tendons mettront plusieurs jours à cicatriser. Deux énormes plaies ornent mon mollet.

— Comment tu te sens ?

— Je survivrai, répliqué-je en me forçant à sourire pour le rassurer. Mais je ne peux pas marcher ni même courir jusqu'à la moto.

— Pas le choix. Je vais t'abandonner ici, alors.

L'espace d'une seconde, il joue tellement bien la comédie, que je pense qu'il est sérieux. Puis, il pouffe de rire.

— Pff ! Tu sais que j'ai failli te croire ?

— C'est que je suis bon acteur.

— C'est ça. On va dire ça. Et sinon, comment allons-nous revenir jusqu'à la moto ? m'inquiété-je.

— Il n'y a qu'une solution, ma belle. Tu vas devoir grimper sur mon dos.

— Je te demande pardon ? répliqué-je en frissonnant.

— Oui, je vais me transformer. Et pas la peine de discuter davantage, tu es en train de subir le contrecoup. Tu trembles comme une feuille. Tu dois t'habiller et te reposer.

À peine sa phrase achevée, je me retrouve face à un loup noir qui s'allonge à mes côtés, pour m'inviter à prendre place. J'aurais aimé lui dire que j'entendais ses pensées, avant. Mais, il ne m'en a pas laissé le temps. Pourtant, plus je vais attendre, plus il va mal le prendre. N'importe qui détesterait se savoir espionné de la sorte.

Sa chaleur, plus élevée que la normale, est la bienvenue. Elle m'enveloppe et me permet de me détendre un peu. Sa fourrure est encore plus soyeuse que je l'imaginais. La sentir ainsi, sur tout mon corps, déclenche une autre série de frissons qui, eux, n'ont rien à voir avec l'accident. Nolan s'élance, et comme sur la moto tout à l'heure, mon cœur s'accorde au sien. Puissant et rapide. Il m'insuffle la force de m'accrocher. Sans ça, la fatigue et le froid m'emporteraient dans des abysses comateux.

— *Encore ! Comment se fait-il que je la ressente jusque dans mes entrailles, bordel ?*

Je tressaille et me crispe légèrement, surprise que lui aussi perçoive ma présence dans son corps. Il a dû sentir mon changement d'attitude, car il ralentit durant quelques foulées, avant de reprendre sa course. Je dois crever l'abcès. Trop de non-dits. Trop de questions en suspens. Mais pas ce soir. Je n'en ai plus la force.

Devon

Assis derrière mon bureau, dans le garage, je fixe sans la voir la pin-up sur le poster juste en face. Aujourd'hui, je dois m'occuper de la paperasse. Ô joie... S'il y a bien une tâche qui me rebute dans mon rôle de Président, c'est bien celle-ci.

Bon, allez ! Plus vite je m'y mets, plus vite j'aurai terminé. Je jette un œil au carnet de commandes rempli au fur et à mesure par mes frères, puis me connecte au site pour y chercher les pièces manquantes. Avec cette nouvelle branche qui consiste à rénover de vieux véhicules, certaines sont si difficiles à dénicher que je me retrouve parfois sur des sites d'enchères. En d'autres circonstances, jouer ainsi pour remporter quelque chose me plairait, mais là, c'est pour le boulot. Les prix montent vite, et notre marge bénéficiaire se réduit comme peau de chagrin.

Pour une malheureuse poignée de billets, je ne

d'échappement tant convoité depuis des jours me passe sous le nez. Mon poing s'enfonce lourdement dans le bureau en métal, dont la tôle se tord une fois de plus, sous ce énième assaut.

— Eh bien, en voilà un accueil chaleureux !

Surpris, je relève les yeux en direction de cette voix grave qui ose pénétrer en ces lieux, sans même frapper. Mes lèvres s'étirent en un grand sourire en découvrant le visage barbu de mon ami Grizzli, un ancien membre du club.

Juste après la mort de Ray, il a décidé de devenir nomade, pour voir du pays, soi-disant. Ce statut lui permet de toujours porter son blouson, puisqu'il reste un frère, seulement, il a dû retirer le patch qui mentionne son appartenance à la ville d'Albuquerque.

Je bondis de ma chaise et m'avance, les bras grands ouverts.

— Qu'est-ce que tu viens faire par ici ? demandé-je en lui tapant dans le dos. Ah ! Ne m'dis rien, je sais. On te manquait.

Il pouffe timidement.

— Y a de ça, ouais.

Je devine une certaine gêne dans son attitude. Aussi, je tire une chaise, pour l'inviter à s'asseoir. Puis, je reprends ma place, de l'autre côté du bureau.

— Allez, vas-y. Explique. Dans quel merdier tu t'es fourré ?

Il souffle, et se penche en avant pour poser ses coudes sur ses genoux. Son regard se fige sur ses doigts croisés.

— Hé ! l'interpellé-je. J'aurais jamais cru dire ça un jour, mais mes yeux sont plus haut.

Il se marre franchement, cette fois.

— En fait, si je suis revenu, ce n'est pas pour moi. J'ai appris ce qu'il s'était passé avec le cartel. L'explosion du bar, la mort de Gaby, et la façon dont vous avez commencé à vous séparer de Romero. J'veux en être.

Quand Grizzli a décidé de nous quitter, j'ai bien compris que son envie d'ailleurs n'était pas la seule raison à son départ. On le savait tous, en fait. Pour autant, aucun d'entre nous n'a essayé de l'en dissuader. Il avait besoin de s'éloigner de toute cette merde. Et après ce qu'il venait de vivre, je crois que n'importe lequel d'entre nous en aurait fait autant. C'est pour ça que lorsqu'il a soumis au vote, son envie de devenir nomade, on a tous approuvé sans hésiter.

Maintenant, de là à le réintégrer officiellement, je ne sais pas. C'est peut-être trop tôt ? Pourtant, avec sa force herculéenne, qui est à l'origine de son surnom, il est indéniable qu'il constituerait un atout majeur dans cette guerre.

— Qui t'a dit pour le cartel et pour Gaby ?

— C'est important ?

— Non. De toute façon, j'ai ma petite idée. Tu sais que je ne peux pas choisir tout seul de te réintégrer. Je dois soumettre la décision au vote.

— Je sais. Pas de problème. Je suis descendu au Crossroads Motel, chambre 26.

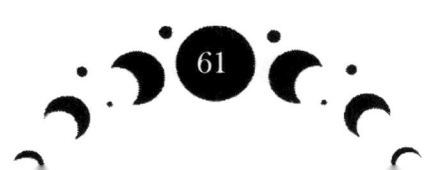

— Quoi ? Cet hôtel miteux ! Mama va te trucider d'être allé là-bas plutôt que dans sa baraque. Va vite rendre ta clé et fonce chez elle. Elle sera ravie de t'accueillir, j'en suis certain. En attendant, je contacte tout le monde pour recueillir leur vote. Ça devient difficile de se retrouver tous en même temps au même endroit, alors, je vais procéder par SMS. Je te tiens au jus.

Je me lève, pour marquer la fin de cette entrevue, et Grizzli m'imite. Nous nous toisons quelques secondes, avant qu'il me tende sa main.

— Merci, Devon.

— Tu me diras merci lors de ta réintégration, répliqué-je en l'empoignant.

Il hoche la tête, et fait volte-face, avant de s'arrêter sur le pas de la porte.

— Ah ! s'exclame-t-il en se retournant. J'ai failli oublier.

Il fouille dans la poche intérieure de son blouson, et en sort un porte-clés en forme d'une petite machine à sous.

— Quand je suis parti, tu m'as dit de te rapporter un souvenir. Je l'ai acheté à Vegas, exprès pour toi. Même si ce n'est pas très loin, je sais que tu rêves de t'y rendre. Alors, j'ai pensé que celle-ci t'incitera peut-être à aller voir ses grandes sœurs, un de ces quatre.

— Merci, soufflé-je, un peu ému.

Grizzli, c'est un cœur tendre dans une montagne de muscles. Et grâce à cette sensibilité, il a toujours le petit geste ou le mot qui va bien pour faire flancher son interlocuteur. Je l'adore presque autant que je le déteste pour ça.

Il est bientôt 18 h, et j'attends de pied ferme le potentiel nouveau prospect. À travers les vitres qui encerclent mon bureau, je regarde les gars en train de ranger. Le garage a déjà fermé ses portes au public, quand le ronronnement d'une Harley, accompagnée d'une vieille Jeep noire, m'informe de leur arrivée.

Un rouquin aux cheveux courts descend de la voiture. Il suit Ty jusqu'à mon aquarium, tandis que son pas vif et son sourire à moitié dissimulé derrière son bouc me laissent penser qu'il se croit en terrain conquis.

Tu vas vite déchanter, mec.

— Devon, annonce Tyler, voici Thomas Bolder.

— Mais tu peux m'appeler Tom, précise celui-ci en me tendant la main.

Je la regarde, puis je me détourne sans la saisir pour rejoindre mon fauteuil.

— Assieds-toi, grommelé-je.

Du coin de l'œil, j'aperçois un échange silencieux entre mon frère et le dénommé Bolder, qui sourit déjà beaucoup moins. Moi, par contre, je jubile. Par moment, c'est fou ce que j'adore mon rôle de Président.

— Alors, parle-moi un peu de toi, l'invité-je en tendant le bras en direction d'une des chaises, de l'autre côté de mon bureau.

Ty s'installe, et Bolder l'imite.

— J'étais à l'armée avec Tyler, commence-t-il en reprenant de l'aplomb. J'étais marié quand je me suis engagé. Seulement, les allers-retours entre la base et la maison ont fini par la lasser. Puis j'ai trois gosses... et la pension alimentaire qui va avec...

— Hum... Je vois.

Son descriptif ne colle pas tout à fait au portrait dressé par Tyler. Cependant, je l'imagine mal m'avouer dès notre première rencontre que courir après tous les jupons qui passent à sa portée a fini par gonfler madame. Même si j'aurais préféré qu'il fasse preuve de franchise, nous avons besoin de bras, tant au garage que pour affronter le cartel.

— Tu t'y connais en mécanique ?

— J'ai quelques bases, mais j'apprends vite.

Je jette un œil vers Ty qui confirme d'un hochement de tête.

— OK. Mais tu arrives dans un moment particulier pour le club. On tente de modifier notre train de vie, seulement ce n'est pas sans mal. Si tu dois te salir les mains, autrement que dans le cambouis, est-ce que tu seras prêt à le faire ?

Un silence tombe sur le bureau. Bolder cherche la réponse vers Ty qui demeure impassible.

— Franchement, l'ambiance de l'armée me manque. Je pense que la loyauté qui existe au sein de votre meute, même si elle demande quelques sacrifices, me fera du bien.

Je cille en entendant le mot meute.

— Nous sommes, certes, un club de lycanthropes, mais on ne qualifie pas notre groupe de meute.

— Pourquoi ? Vous en êtes bien une, non ?

Je regarde Tyler, pour l'inviter à prendre la parole. Après tout, si j'accepte son intégration en tant que prospect, c'est lui qui deviendra son mentor. Autant qu'il commence dès maintenant.

— Une meute, ça suppose que l'on se transforme régulièrement pour aller chasser, ou tout du moins courir de temps en temps tous ensemble. Nous n'agissons pas ainsi. La Police des Créatures Surnaturelles nous a dans le collimateur, même si pour l'instant on passe sous le radar des fédéraux. Et on n'a pas non plus envie d'attirer l'attention du Haut-Conseil.

— D'accord, je crois que je capte. En clair, quand tu me demandes si je serais prêt à me salir les mains, ça implique des trucs vraiment graves, c'est ça ?

— J'vois qu'on s'est compris, oui. Mais attention, si j'accepte de t'intégrer aujourd'hui, ce sera en tant que prospect. Cela signifie que pendant un an minimum, tu devras faire tes preuves. Passé ce délai, un vote se tiendra entre tous les membres pour décider si tu es digne de porter l'emblème du club.

— Je serai le bleu qui se tape les sales besognes, en clair, c'est ça ?

— Exactement, rétorque Ty sans ménagement.

— OK. Je pense, sans vouloir me vanter, que je pourrai vous être utile. J'ai appris le maniement des armes et autres subtilités quand j'étais dans l'armée, autant que ça serve à quelque chose.

— Bien. Par contre, je vois que tu te déplaces en Jeep, alors que tu postules pour intégrer un club de bikers. Pas de moto ?

— J'ai mon permis, mais je n'en possède pas.

Mon ex a toujours refusé. Trop dangereux, qu'elle disait.

— Il y a celle de Bryan, me souffle Ty. Je pense qu'il aurait été content qu'elle serve, plutôt que de rester à prendre la poussière.

— Ouais, confirmé-je. Tu as des questions ?

— C'est payé combien ?

— Salaire de base pour le taf au garage, et pour ce qui est des extras, c'est variable.

— Parfait ! Si c'est bon pour toi, Président, c'est bon pour moi, affirme Bolder en me tendant de nouveau sa main.

— Va attendre dehors, lui ordonné-je, toujours sans saisir sa poigne.

Les traits de son visage s'affaissent, trahissant la pointe de déception qui l'envahit. Il n'a pas autant confiance en lui qu'il veut bien le laisser paraître.

Sitôt la porte fermée, j'adresse un coup de menton en direction de Ty pour obtenir son avis.

— Je pense qu'on peut lui offrir une chance. D'autant que lorsqu'il dit qu'il apprend vite, j'ai pu le constater à plusieurs reprises. Là-dessus, ce n'est clairement pas du flan.

— Et pour le reste ? Tu crois qu'on peut lui faire confiance ? J'ai l'impression qu'il recherche plus une meute, qu'un club qui baigne dans des affaires plus ou moins louches.

— Il s'y fera. Il a besoin d'être encadré.

— Tu as l'air sûr de toi. Alors si c'est bon pour toi, c'est bon pour moi.

Tyler, malgré ses apparences distantes, analyse beaucoup et se trompe rarement sur une personne.

Il doit sans doute ce flair à sa dulcinée Kirby, qui suit des études pour devenir psy. Moi, je garde toujours une réserve. Les gens ont une telle capacité à décevoir que je préfère d'abord envisager le pire.

Je me lève et me dirige vers le porte-manteau dans l'angle. J'y attrape le blouson en cuir sur lequel est déjà cousu le patch « prospect » au bas du dos.

— Je te laisse l'avertir qu'il vous accompagne au Mexique, indiqué-je en tendant le vêtement à Ty. Je te rappelle que vous partez demain matin, à l'aube.

— Merci, Prez' ! Je vais lui annoncer la nouvelle. Je pense qu'on ne le regrettera pas.

Mon sergent quitte le bureau, un sourire satisfait sur le visage.

— Je l'espère, marmonné-je en les regardant se prendre dans les bras.

Bolder, son nouveau blouson fraîchement acquis déjà sur le dos, se tourne dans ma direction. À travers la vitre, il m'adresse un salut militaire. Quel con ! Pourvu qu'il rentre vite dans le rang, si j'ose dire.

Nolan

De retour à la moto, je me rhabille en songeant encore aux sensations de son corps contre le mien. J'ai compris depuis longtemps qu'un lien particulier nous unit. Putain ! Je donnerais tout ce que je possède, je ferais tout ce qui est en mon pouvoir, juste pour savoir si elle l'a remarqué. C'est en train de me rendre dingue.

Finalement, ces quelques jours loin d'elle m'apporteront un peu de sérénité. Du moins, je l'espère.

Je rejoins Eyana derrière son rocher, et la retrouve assise, le cul dans le sable. Elle a pu remettre tous ses vêtements, à l'exception d'une chaussette et d'une rangers.

— J'ai essayé de l'enfiler, m'explique-t-elle d'une petite voix en me montrant le bout de tissu noir, mais elle me serre trop la cheville.

— Tu veux que j'appelle ton frère pour qu'il

vienne te chercher avec une voiture ?

— Non. Je suis crevée, et je n'ai qu'une envie, c'est de rentrer me mettre au lit. Si tu m'aides à m'installer sur la moto, ça devrait le faire.

Je ne suis pas convaincu. Mais s'il y a une chose que j'ai apprise au cours des dernières semaines passées aux côtés de cette meuf, c'est qu'elle est plus têtue qu'une mule. Même dans cet état avancé de fatigue, je sais qu'il est inutile de lutter. Alors, docile comme un clébard bien éduqué, je m'exécute.

Malgré ma conduite la plus douce possible, je la sens tressaillir dans mon dos. Son cœur, qui une fois de plus a trouvé le chemin du mien, s'emballe par moments, avant de retrouver un rythme plus calme.

J'espérais discuter avec elle, ce soir. Mais, vu son état, je doute que ce soit prudent. Il est clair qu'elle a besoin de repos.

Je me gare dans son allée. L'absence du pick-up me rappelle que je vais partir en la laissant sans moyen de locomotion.

— Attends ! m'exclamé-je en coupant le moteur. Je vais t'aider à descendre.

Elle passe un bras autour de mes épaules, et je lui fais franchir le seuil telle une jeune mariée.

Si seulement...

Dogzilla, sans doute inquiet par l'état de sa maîtresse, m'empêche de marcher correctement.

— Pousse-toi, mon pote. Tu vas nous faire tomber, là.

— C'est bon, Dog, lui intime-t-elle. Dès demain,

j'irai beaucoup mieux.

Je la porte jusque dans sa chambre, où je l'allonge sur le lit. Ni une ni deux, le chien s'installe aussitôt à côté d'elle. Je l'envierais presque.

— Je t'apporte de la glace.

— Merci, bredouille-t-elle, déjà presque emportée par le sommeil.

Quand je reviens, elle dort profondément. J'échange un regard avec Dog, le genre qui signifie : « Je te fais confiance pour veiller sur elle », puis je ferme la porte.

Le fait de ne pas avoir pu discuter avec elle comme je le souhaitais ne m'empêche pas d'aller au bout de mon projet. Je sors mon portable de la poche de mon blouson, avant de chercher le nom de Luke dans le répertoire.

Il décroche à la seconde sonnerie.

— *Allô*, répond-il d'une voix alerte. *Y a un blème ?*

— Non, non ! Rassure-toi ! Rien de grave. C'est juste que ta frangine s'est blessée lors de notre promenade nocturne. Elle s'est pris la cheville dans un piège de braconnier. Elle pionce, là. Mais j'aurais besoin que tu viennes veiller sur elle. J'ai un truc urgent à terminer avant de partir tout à l'heure.

— *Ah... OK. J'arrive. J'avertis ma mère que je ne rentre pas cette nuit, et je débarque.*

— Merci.

Je raccroche, en méditant sur ses paroles. Qu'il ne rentre pas à la maison cette nuit ? Où est-il allé encore ? J'espère qu'il ne vadrouille pas trop tout seul. Il sait que ce n'est pas prudent, pourtant !

Je me ressaisis. Pas le temps de tergiverser, je lui poserai simplement la question à son arrivée. Maintenant, je dois optimiser ma nuit, qui s'annonce particulièrement courte. Première chose à faire, préparer mon sac de voyage.

Cette tâche accomplie, j'avale la dernière gorgée de café, pile au moment où la Harley de Luke se gare devant la maison. Je jette un œil en direction de la chambre d'Eyana, d'où heureusement, aucun son ne me parvient. J'ouvre la porte d'entrée, et j'observe mon frère s'avancer dans l'allée. Depuis qu'il a cessé de s'injecter cette saloperie de *Cactus* dans les veines, sa démarche est plus vive. Son teint est moins jaunâtre, et je crois également qu'il a pris un peu de poids. Pas étonnant, vu que Mama cuisine sans arrêt pour tout le monde. Il est clair que son bar lui manque.

— J'espère qu'il est important, ton truc urgent à faire ? me lance-t-il en s'approchant.

— Et toi ? Je peux savoir où tu étais ? Je croyais que tu ne devais pas rester seul en cette période…

Je cherche le mot le plus adéquat pour ne pas le froisser.

— De sevrage. Tu peux le dire, ce n'est pas une insulte ! Et je n'étais pas seul, figure-toi, complète-t-il en rougissant.

Luke n'est pas le genre de mec à sauter d'une nana à l'autre. C'est un romantique. Aussi, il n'y a qu'une chose qui peut teinter ses joues comme ça.

— Ah bon ? continué-je de l'interroger en lui libérant le passage, pour qu'il entre dans la maison.

Et c'est top secret, ou tu peux en parler ? le taquiné-je.

— Va te faire foutre, et dis-moi plutôt pourquoi je suis là.

— OK. Je te l'ai déjà expliqué, ta sœur est blessée. Je dois sortir, mais je ne voulais pas la laisser seule. Elle est dans sa chambre, avec le chien. Elle dort. Je serai revenu avant que Devon vienne la chercher.

— Elle n'a pas trop gueulé à l'idée d'aller s'installer chez lui ? me demande-t-il en se dirigeant vers la cuisine.

Je reste muet et me contente de pencher la tête sur le côté, tout en portant une main dans mes cheveux.

— Tu ne lui as rien dit ? s'exclame-t-il en faisant volte-face pour entamer une mini course vers moi, à travers le salon.

— Chut ! soufflé-je aussitôt, les paumes en avant. Je comptais le faire en revenant, mais l'incident avec le piège a un peu changé la donne. Tu peux le comprendre, non ?

— Ce que je comprends, surtout, c'est que si elle se réveille avant ton retour, je vais me retrouver dans une sacrée merde.

— Tu n'as pas vu sa blessure. Il y a peu de chances pour que ça se produise. Je te promets de tout lui expliquer tout à l'heure. Mais plus on parle, plus je perds du temps.

— OK, d'accord. Qu'est-ce que tu fous encore là, alors ?

— Merci, mon frère, conclus-je en posant une main sur son épaule.

J'ai fini juste à temps. Le cœur un peu plus léger, je regarde dehors. Le jour commence à se lever. Tyler ne devrait pas tarder. Je suis bien conscient de retarder notre départ pour le Mexique de quelques heures, et que Devon ne sera pas content, mais tant pis. J'essuie mes mains pleines de cambouis dans un torchon, qui en contient sûrement déjà tout autant que mes doigts, quand enfin, des bruits de moteurs me parviennent.

Grâce à notre conversation téléphonique quelques minutes plus tôt, je sais qu'il débarque avec un nouveau prospect. Je ne suis pas très rassuré à l'idée de me taper toutes ces bornes avec un bleu dans les pattes, et encore moins d'aller à la rencontre des Guerreros avec lui. J'ignore tout de sa façon de se comporter, ou même de parler. Ça me rend nerveux.

Tyler aussi n'était pas très content de mon projet. Mais je lui ai promis de gérer la colère de notre Président, et d'endosser la responsabilité de mes actes.

Je ferme la porte du garage, avant de saluer d'un hochement de tête les deux bikers qui viennent de s'arrêter le long du trottoir, dans la rue, juste devant la maison d'Eyana.

— Smoke, voici Thomas Bolder.

Le grand roux, tout sourire, me tend la main, visiblement ravi d'être ici. Je lui montre les miennes toutes noires, et il se marre.

— Je vois, c'est pour ça qu'on t'appelle Smoke.

C'est parce que tu as toujours les doigts dans le cambouis.

Nous échangeons un regard surpris avec Ty, et je choisis de ne pas répondre. Après tout, notre emploi du temps est déjà suffisamment serré.

— Luke est à l'intérieur, expliqué-je. Il t'indiquera où se trouve le café pour en préparer une tournée à tout le monde.

Tom m'observe, sans réagir.

— Tu as entendu, Bolder ? le sermonne Ty. Allez ! Bouge ton cul !

Le prospect met quelques secondes avant de s'activer, enfin. Nous le regardons hésiter devant la porte d'entrée.

— Rentre ! lui ordonné-je. Il ne va pas te tirer dessus, t'inquiète !

Il s'exécute, et Ty se tourne vers moi, un sourire malicieux sur les lèvres.

— Tu en es sûr ?

Je hoche la tête en riant.

— À quatre-vingts pour cent, je dirais.

— Et à part ça, tu as eu le temps de terminer ta surprise, au moins ?

— Ouais, c'est bon. Je me lave les mains, et je vais réveiller Eyana. Il faut que je lui annonce que je pars avec vous, et qu'elle va devoir habiter chez Devon quelques jours.

— Putain, mec, tu crains ! Entre elle qui va certainement péter une pile, et notre Président qui ne sera pas plus zen parce qu'on est déjà à la bourre, je n'aimerais pas être à ta place.

— Je t'avoue que moi non plus... rétorqué-je, mi-amusé, mi-penaud.

Eyana

— Eyana ? Tu es réveillée ?

La voix chaude de Nolan effleure ma peau avec la même douceur que l'odeur du café, qui chatouille mes narines. Je réalise que nous sommes le matin, et que pour une fois depuis longtemps, je n'ai pas cauchemardé. La faute sans doute à ma blessure, qui accapare toute l'énergie de mon corps pour se régénérer.

D'ailleurs, je me relève avec difficulté. Ma jambe est engourdie, et mon cerveau peine à sortir du brouillard. Nolan passe un bras derrière mon dos pour m'aider avec les oreillers, afin que je puisse m'asseoir.

— Comment te sens-tu ?

— Beaucoup mieux. Enfin, je crois.

Je tire le drap pour dégager ma cheville. Elle a bien meilleure mine. Les deux plaies, qui ont dérougi, strient toujours chaque côté de mon mollet. Quant à l'articulation, elle est beaucoup moins gonflée. En fait, je pense que d'ici quelques heures, si je continue à bien me reposer, je devrais pouvoir marcher sans problème.

Une chance ! Car j'ai ce rendez-vous hyper important avec un sponsor potentiel, que je ne veux pas rater.

— En effet. Demain, tu devrais pouvoir gambader comme un lapin.

Un silence pesant s'installe, me rappelant qu'il manque quelqu'un.

— Où est Dogzilla ?

— Parti dans le jardin, se dégourdir les pattes. Il est resté avec toi toute la nuit.

Ce chien est un amour. Je pourrais dormir douze heures d'affilée, qu'il ne bougerait pas une oreille.

— Il faut que je te parle, m'annonce Nolan pile au moment où j'avale ma première gorgée d'arabica.

Il attrape la chaise dans l'angle, et la rapproche à côté du lit pour s'y installer.

Son attitude me donne à penser que ce doit être important, d'autant qu'il ne laisse même pas le temps à la caféine d'agir. Mon stress monte en flèche. Après toutes ces semaines de cohabitation, il a bien compris l'influence de mon rituel matinal sur mon humeur. Composé de sport et d'excitant liquide noir, aujourd'hui, il est amputé d'un demi-mollet. J'en déduis donc qu'en plus d'être sérieux, ce doit être urgent.

Tout pour plaire, dès le réveil !

— Je t'écoute, l'invité-je tout de même.

À bien y réfléchir, moi aussi j'ai des abcès à crever.

— Je ne sais pas trop par où commencer. J'aurais préféré que nous discutions de tout ça hier soir, à notre retour.

— Je crois deviner de quoi tu veux me parler, le coupé-je.

Il m'offre un air surpris, qui en d'autres circonstances m'aurait sûrement fait sourire.

— J'ai entendu deux mots en provenance de la salle à manger chez Mama, pendant votre réunion d'hier, qui m'ont beaucoup perturbée.

Je déglutis, une façon de m'accorder une mini-pause pour prendre mon élan. Je m'apprête à jeter de l'huile sur le feu, et ce n'est que le début de l'incendie.

— Méthamphétamine et Mexique. J'ose espérer que vous ne donnez pas dans ce trafic-là ?

Son regard s'assombrit, enfin, plus que d'ordinaire.

— Pour la meth, on parlait simplement d'un autre club. Quant au Mexique... Je dois prendre la route le plus tôt possible, avec Ty et le prospect. Nous devons nous y rendre pour créer une nouvelle alliance. Si tu tends l'oreille, tu t'apercevras qu'il y a déjà pas mal de monde dans ton salon.

Je suis tellement à la ramasse, que je n'avais pas capté. Maintenant qu'il le dit, effectivement, toutes les voix m'arrivent hautes et claires. En plus, je réalise l'information qu'il vient de me balancer. Mon ventre se noue à l'idée de le voir quitter la maison. Malgré moi, il a pris une place bien trop importante dans ma vie. Voire cruciale. Et entendre ses pensées hier soir n'a fait que me conforter dans l'idée que nous pourrions...

Enfin...

Peut-être...

Je suis trop bête. Moi qui voulais à tout prix éviter de souffrir une fois encore à cause d'un homme, voilà que je bouffe déjà la poussière de mon cœur qui tombe en miettes.

— D'accord, bredouillé-je, à défaut de pouvoir dire autre chose.

Adieu ma belle résolution de lui avouer le pouvoir de l'artefact, lorsqu'il est sous sa forme de loup.

— Mais avant de partir, j'ai une surprise pour toi.

Mes yeux s'arrondissent et mes lèvres s'étirent en un sourire apparemment communicatif, puisque le visage de Nolan s'illumine aussi.

— Pour ça, tu vas devoir te lever, m'explique-t-il en reculant sa chaise pour me permettre de sortir du lit. Tu penses y arriver ?

— Pour une surprise, je gravirais une montagne.

À peine je pose le pied à terre, qu'une grimace de douleur chasse ma joie.

— Je crois que la montagne devra attendre encore quelques jours. Dans l'immédiat, je vais t'aider à aller jusqu'au garage, ce sera déjà bien.

— Au garage ?

Nolan affiche une moue mystérieuse, mais n'ajoute pas un mot. Accrochée comme je peux à son bras, j'avance en claudiquant. Nous longeons le couloir jusqu'au salon, où nous retrouvons mon frère, Tyler, et un grand roux que je ne connais pas. C'est alors que d'un angle un peu sombre, surgit Devon.

— Enfin ! s'exclame celui-ci sans même dire bonjour. Il était temps. Vous êtes déjà à la...

Le Président n'a pas la possibilité d'achever sa phrase. Un grognement sourd l'interrompt. Il provient de... la gorge de Nolan. Je le dévisage, surprise par son attitude rebelle.

— Je vais tout t'expliquer, enchaîne Nolan, mais accorde-moi quelques minutes. S'il te plaît.

Les mâchoires crispées, les poings serrés, Devon acquiesce en silence.

Je ne le porte toujours pas dans mon cœur, cependant, j'avoue que depuis qu'il m'a sauvé la vie, je lui suis tout de même reconnaissante. Aussi, j'essaie de me montrer moins virulente.

— Viens, m'intime Nolan en m'entraînant vers la porte communicante, entre le salon et le garage. Ferme les yeux.

Sans discuter, un sourire désormais en demi-teinte sur les lèvres, je m'exécute. J'avoue que l'intervention de Devon m'a un peu refroidie.

— Attention à la marche, me rappelle-t-il en me guidant.

Je l'entends actionner l'interrupteur et refermer derrière nous, sans doute pour nous offrir un peu d'intimité. Nous avançons de quelques pas, puis il nous immobilise.

— C'est bon. Tu peux les ouvrir.

Le souffle coupé, et après avoir raté au moins

trois battements, mon cœur se met à danser la salsa dans ma poitrine. Si je pouvais, je sauterais sur place pour manifester encore plus ma joie. Je tape juste des mains en souriant de toutes mes dents. Je me sens aussi excitée qu'un moustique au milieu d'un banc de touristes, un soir d'été. Devant moi, sur sa béquille, se tient une magnifique Harley noire, avec une selle en cuir qui a l'air super confortable, et des chromes rutilants. Et ce n'est pas un modèle pour fillette !

— C'est une Softail Deluxe de 2014. Je l'ai entièrement rénovée. Si tu la veux, elle est à toi.

— Si je la veux ? C'est sans doute le plus beau cadeau qu'on ne m'ait jamais fait.

Les larmes de joie troublent ma vue, sans pour autant m'empêcher de trouver son regard. On dit que les yeux sont les fenêtres de l'âme. Dans ceux de Nolan, je lis toute l'affection qu'il éprouve pour moi.

— Merci... soufflé-je en me jetant à son cou.

Ses bras autour de ma taille, son parfum chocolaté m'enivre. Je me recule au ralenti, sans me brusquer, cherchant le plus discrètement possible la direction de ses lèvres.

J'ai tellement envie de succomber...

De lui céder...

Et le moment semble juste parfait.

Il ne bouge pas, attendant sans doute que je fasse le premier pas. Il s'est déjà ramassé une fois, il ne doit pas vouloir retenter l'expérience.

Je m'approche pour enfin découvrir la douceur de ses baisers, quant à quelques millimètres de mon but, la porte du garage s'ouvre à la volée. Nous nous éloignons aussitôt, mais sans se lâcher malgré tout, pour éviter que je tombe.

— T'as pas toute la journée, Smoke ! aboie Devon. Je te rappelle que tu as une mission. Ty et le prospect t'attendent déjà dehors. Et Eyana, ça serait bien que tu te grouilles de prendre tes bagages, je dois être au boulot dans moins d'une heure. C'est Grizzli qui veillera sur toi durant mon absence.

Quoi ? J'ai dû mal comprendre. Non, en fait, ce n'est pas que j'ai dû mal comprendre, c'est que je ne pige carrément rien du tout, en réalité.

— Grizzli est revenu ? s'enthousiasme Nolan.

— Ouais. Tu le verras à ton retour. D'autant qu'il faudra voter pour sa réintégration. J'ai pas eu le temps de m'en occuper, encore. En attendant, bougez-vous le cul !

Nolan tente de m'entraîner vers le salon, mais je reste bien plantée sur mes pieds. Hors de question de les activer sans avoir obtenu d'explications au préalable.

— C'est quoi cette histoire de bagages ? Où suis-je supposée aller ?

— Oh ! s'étonne Devon. Je vois... Ça roucoule, malgré mon interdiction, mais ça ne dit pas tout...

— On ne roucoulait pas ! nous exclamons-nous en même temps.

— Ouais... Bon ! On va faire simple. Puisqu'il ne se passe rien entre vous... Smoke, tu dégages. Tu vas rejoindre Ty et le prospect dehors. Ils t'attendent pour partir au Mexique. Eyana, je vais t'aider à marcher jusqu'à ta chambre pour réunir quelques vêtements. Tu vas t'installer chez moi. C'est l'affaire de quelques jours. Deux semaines tout au plus. Le temps pour celui, avec lequel tu ne roucoules pas, de revenir.

Devon

La main toujours posée sur la poignée de la porte, je tourne les talons, lorsque je réalise que je ne devrais pas les laisser seuls. Après tout, malgré leur façon de démentir avec véhémence qu'ils ne roucoulaient pas, je sais très bien ce que j'ai vu. Si je n'étais pas arrivé à temps, ils se seraient embrassés.

Était-ce la première fois ?

Si ça se trouve, leur petit manège dure depuis des semaines. L'image de Smoke dans le lit d'Eyana surgit dans mon esprit, réveillant mon loup, ainsi que le monstre. Ma peau se couvre d'un fin duvet noir, et je sens que mes yeux d'alpha me trahissent.

Quel con, je fais !

Comment j'ai pu ne rien voir ?

Et pourquoi ça me gonfle autant ? Après tout, même si Mama m'a demandé de faire en sorte qu'aucun de nous ne la drague, elle ne fait pas la pluie et le beau temps. Qu'est-ce qu'elle en a à foutre qu'Eyana se tape tout le club, si elle en a envie ? Cette seconde idée m'énerve encore plus. Mes doigts se crispent. Mes ongles se transforment en griffes. Je dois m'éloigner. Vite ! Je ne peux pas cogner mon frère sans raison valable. Et tant pis si elle a besoin d'aide pour marcher, elle a déjà son chevalier servant.

— C'est quoi cette histoire ? hurle Eyana dans mon dos, au moment où je claque la porte.

Comme Luke papote avec Ty et Bolder devant la maison, je me retrouve seul dans le salon. Coup d'bol ! Je me dirige vers le jardin, et afin d'éviter d'assister à la scène de ménage qui se déroule dans le garage, je ferme la baie vitrée. J'y rejoins Dogzilla assis, en train de m'observer.

— Si moi aussi j'possédais un artefact magique, tu pourrais me dire ce qu'il se trame dans cette baraque, grommelé-je en soufflant, pour m'exhorter à recouvrer mon calme.

Qu'est-ce qu'il me prend ? Non content de parler à un clebs, je m'interroge vraiment sur ce qu'il se passe sous ce toit ? J'deviens fou ou quoi ?

Et comme si mon état l'amusait, il se lève, avant d'exécuter un demi-tour en bonne et due forme, la truffe haute.

Je commence à peine à retrouver mon apparence humaine, que la baie vitrée s'ouvre vivement dans mon dos.

— Il est hors de question que je vienne habiter chez toi ! fulmine Eyana.

J'expire profondément.

Ne pas péter les plombs. Surtout, ne pas péter les

plombs.

Alors que je me retourne lentement pour lui répondre avec le plus de tact possible, elle est déjà en train de claudiquer en direction de sa chambre. Smoke, planté devant la porte du garage, me dévisage. Il est très différent depuis sa sortie de prison. Je ne le reconnais pas. Nous avons pourtant discuté en long, en large et en travers de la situation, de ma succession à la présidence et de tout ce que cela impliquait. Malgré tout, j'ai l'impression que les choses empirent chaque jour un peu plus.

— Je prends mon sac et je me casse au Mexique. Démerde-toi avec elle.

— Eh ! Tu crois vraiment que je vais te laisser te barrer sans rien dire ?

Il se retourne en grognant. Les lèvres retroussées sur ses crocs qui se sont considérablement allongés, il me fusille du regard. Ses iris ont viré au jaune flamboyant.

— Putain ! Tu me fais quoi, là ? Tu remets mon autorité en question ? fulminé-je en m'approchant. Tu veux vraiment prendre ma place ?

Ses yeux, qui s'assombrissent aussitôt, s'arrondissent comme des soucoupes. Sa posture s'apaise. Ses dents se rétractent.

— Non ! Bien sûr que non, Prez' ! Tu sais bien que je n'ai aucune prédisposition pour devenir un alpha ! C'est juste que… peu importe… Je n'ai pas assuré, désolé. J'aurais dû parler à Eyana plus tôt. Mais je vais me rattraper avec les Guerreros.

Voilà donc qui répond à mon interrogation

d'hier. Smoke n'a pas conscience de l'évolution de son loup. Comment peut-il ne pas s'en rendre compte ? Qu'est-ce qui cloche chez lui ?

— Et le fait qu'Eyana vienne pioncer chez moi quelques jours ne te gêne plus ? m'étonné-je.

Il jette un œil en direction de la porte de sa chambre, puis hausse une épaule.

— Comme je t'ai dit, je te laisse gérer ça avec elle. Moi, je n'en peux plus de jouer la baby-sitter de toute façon. Je crois que ce petit voyage me fera du bien. J'ai même hâte d'avaler les miles.

— OK, acquiescé-je, un peu sceptique par ce revirement. Qu'est-ce que tu attends, alors ?

Smoke hoche la tête, saisit son sac à dos posé à côté de l'entrée, et sort de la maison. Je réfléchis quelques secondes. Je dois me rendre à l'évidence, je ne peux pas obliger Eyana à quitter son domicile. Par contre, je peux tout à fait venir m'installer chez elle. Je me dirige vers le perron, lorsque j'entends les trois motos partir. J'interpelle Luke en train de remonter l'allée.

— Tu peux rester ici, aujourd'hui ?

— C'est que je devais bosser au garage, normalement.

— J'vais appeler Grizzli, pour qu'il te remplace.

En plus, à bien y réfléchir, je préfère que ce soit son frère qui veille sur Eyana, plutôt qu'un membre du club, tout aussi chaud lapin que Smoke. Je prête peut-être des intentions tout à fait erronées à la métamorphe, mais je choisis de me montrer prudent. Elle sème assez la zizanie, sans en rajouter. Et puis, si je suis honnête avec moi-même, pour une fois que je peux en apprendre davantage sur elle, et l'avoir pour moi tout seul, je serais bien con de me tirer une balle dans le pied en confiant la tâche à quelqu'un d'autre.

En fait, j'ai hâte de me retrouver en tête à tête avec elle. À son contact, je me sens différent. Plus apaisé.

C'est décidé ! J'ai toute la journée pour réfléchir à la façon de détendre l'atmosphère, alors, je vais exceller. Eyana ne va pas me reconnaître. Elle va découvrir une facette de moi que je ne montre pas en général. Et qui sait ? Peut-être que ça me fera aussi du bien de sortir de mon rôle de Président à temps plein.

Nolan

Le vent fouette mon visage. Les tremblements de ma bécane, et le trajet qui nous attend m'apaisent. Huit heures de route qui vont me permettre de réfléchir à toute cette histoire. Huit heures, également synonymes de courbatures et d'ampoules aux mains. Malgré tout, je suis content d'être là. Quelques jours loin d'Eyana, voilà exactement ce dont j'ai besoin. Cette nana est en train de me rendre fou. Je crève d'envie de la posséder, c'est certain. Cependant, j'ose espérer que cette séparation forcée me ramènera à la raison. Jamais je n'ai été aussi épris d'une gonzesse. Elle virevolte constamment dans mes pensées.

J'imagine que les Guerreros auront quelques groupies prêtes à me satisfaire. Ce sera l'occasion d'éprouver à quel point je tiens à elle.

J'ai pris la tête du trio. C'est ma mission, c'est moi le boss. Cette pensée me renvoie vers ce qu'il s'est passé tout à l'heure, avec Devon. J'ignorais que mon loup se sentait la force d'endosser le rôle d'alpha. Diriger une meute, ce n'est pas rien. Et un club de bikers, encore moins. Comment est-ce possible qu'il n'ait jamais manifesté la moindre envie de monter en grade avant aujourd'hui ? Sans doute parce qu'avant c'était Ray qui occupait ce poste, et qu'il représentait une figure paternelle pour moi. Jamais je n'aurais remis en question sa légitimité ni même son autorité. Au-delà du respect que je lui témoignais, je lui devais beaucoup trop pour oser un tel affront. Ou bien, est-ce juste lié aux quatre années d'enfermement ? C'est vrai que pendant cette période, j'ai dû le brider bien plus que tout le reste de ma vie.

Il ressent peut-être le besoin de s'exprimer davantage…

De s'imposer…

Pourtant, je ne peux pas renverser Devon.

Je secoue la tête pour me concentrer de nouveau sur la route. Depuis combien de miles je conduis sans prêter attention à ce qu'il se passe autour de moi ? Je suis tellement dans la lune, que je roule au ralenti. J'ouvre les gaz, inspire un grand coup, tout en songeant à ce qui nous attend.

Nous avons rendez-vous avec Taka, le bras droit du chef des Guerreros, ce soir à 18 h, dans un restaurant situé au centre-ville de Chihuahua. Je suppose que ce premier entretien sera déterminant. Si je réponds bien, il me conduira jusqu'à Jesús.

Enfin, après plusieurs pauses, surtout pour le prospect qui a du mal à suivre le rythme, nous arrivons dans la ville de Chihuahua. Nous trouvons le restaurant, au nom clinquant de « La Cantina ». Ouvert aux quatre vents, c'est très accueillant. Nous nous garons sur le trottoir, directement au bas des marches qui entourent la salle. Les jambes un peu flageolantes, je retire mon casque.

— Bolder ! l'interpellé-je légèrement trop fort à cause de mes oreilles qui bourdonnent.

Par chance, cela ne choque personne ici. Les éclats de voix, en provenance à la fois de la rue et du resto, me confirment que je me fonds dans le décor.

— Tu restes là ! Tu surveilles les bécanes. Ty, tu m'accompagnes.

Ce dernier opine du chef, tandis que le premier grimace. Heureusement, il a le bon sens de se la fermer. Contester les ordres dès son premier jour, ce serait malvenu. Déjà que l'on a à peine un quart d'heure d'avance à cause de lui. J'espérais arriver au moins une heure plus tôt pour repérer les lieux, au cas où les choses déraperaient.

Je zigzague entre les tables, sous les regards surpris des locaux. Le blouson de cuir fait toujours son petit effet, provoquant soit l'admiration, soit l'aversion totale. Pas de juste milieu. À peine assis, un serveur se jette sur nous. Avant de nous demander notre commande, il pose une corbeille de tortillas au maïs, ainsi qu'une carafe d'eau. J'ai très envie d'une margarita, histoire de comparer avec celles que nous concocte Kirby, qui se targue de préparer les meilleures, mais je dois rester sobre. Trop d'enjeux. J'opte pour un soda, et Ty aussi.

J'ai tout juste le temps de croquer dans une chips et de boire deux gorgées, qu'un attroupement se forme au niveau de nos motos. Des cris et des acclamations s'élèvent. Certains lèvent même les poings au ciel en beuglant des mots en espagnol. Tyler et moi échangeons un regard étonné, qui dure l'espace d'une microseconde, puis d'un commun accord silencieux, nous nous élançons à travers la foule. Je me fraie un passage, avant de découvrir Bolder, pris en tenaille par deux types, afin qu'un troisième puisse lui bousiller la tronche.

Je sens mon loup monter en pression, en même temps que mon cerveau qui exécute un triple saut périlleux dans ma boîte crânienne. J'ignore comment il s'est retrouvé dans cette situation. Qui a raison ou tort, peu importe ! Le prospect est avec nous, et c'est tout ce qui compte. Et puis, un peu de violence pour libérer la colère et la frustration qui m'habitent depuis des semaines, franchement, ça tombe à pic. Mon loup grogne pendant que mes poings s'écrasent sur les gars sans la moindre retenue. Je mange aussi quelques coups bien placés, mais putain, que ça fait du bien de se sentir vivant. Je comprends Devon et ses excursions au fight-club. Je ne me suis jamais laissé aller à ce genre d'extrême, pourtant, quand rien ne tourne rond autour de soi, la douleur, il n'y a plus que ça de vrai. Elle ramène au présent, en exorcisant les doutes et les interrogations existentielles à la con, pour se concentrer uniquement sur soi et sur son corps en charpie.

Accroupi au-dessus d'un Mexicain, je frappe son visage avec acharnement. Les phalanges en feu, je vois sans les voir les gerbes de sang qui giclent dans tous les sens. Mon loup hurle, me suppliant de le libérer. Sur le point de lui céder, ce qui provoquerait un désastre sans précédent, des bras s'agrippent aux miens pour me forcer à arrêter et à me relever. Quelques secondes me sont nécessaires pour réaliser dans quel état je laisse mon adversaire.

— La police va arriver, annonce une voix que je reconnais à peine. Faut dégager. Vite !

Je détache enfin mes yeux du pauvre bougre encore étalé à mes pieds, pour les planter dans ceux de Taka.

— Smoke ! me hèle Ty, déjà assis sur sa bécane, le moteur en route.

Mes neurones se reconnectent, et je fonce vers ma Harley.

— Je suis garé au bout de la rue, avec une vieille Jeep grise.

J'échange un hochement de tête entendu avec l'Indien, qui court vers son véhicule. Les sirènes retentissent dans mon dos, tandis que nous nous éloignons de la Cantina. Je me retourne pour jeter un œil, et constate que les premiers à arriver sur place sont des ambulances. Une chance !

J'espère que le mec sur lequel je me suis acharné s'en remettra vite. Je regrette mon attitude, d'autant que j'ignore ce qui a conduit Bolder à se retrouver dans cette position. Mais quoi que ce soit, ce type est humain, donc sa force est inférieure à la mienne. Le combat était perdu d'avance pour lui.

Je regarde mes phalanges ensanglantées, en repassant la scène dans mon esprit, la façon dont j'ai vrillé. Et putain ! Pourquoi mon loup est en train de prendre l'ascendant sur moi, ces derniers temps ? Si seulement je pouvais dialoguer avec lui. Mes pensées s'envolent vers Eyana qui dit toujours qu'elle vit en harmonie avec sa part animale. Qu'elle la laisse s'exprimer quand elle en ressent le besoin pour créer un équilibre. Aurai-je étouffé mon loup pendant des dizaines d'années sans même m'en rendre compte ?

La Jeep s'arrête au bord d'une route peu fréquentée, dans une zone industrielle, à la sortie de la ville. Nous l'imitons. Taka, avec sa carrure de titan, nous rejoint en quelques enjambées. C'est limite si le sol ne tremble pas sous le choc de ses pas. J'aperçois sa longue tresse se balancer dans son dos. Il se plante face à moi, en me fusillant du regard. Le moins que l'on puisse dire, c'est que l'on ne démarre pas cet entretien sous les meilleurs auspices.

— Tu m'expliques ? grogne-t-il.

— C'est ma faute ! s'exclame aussitôt Bolder en s'interposant entre nous.

— Ta gueule ! lui ordonné-je en le poussant sur le côté.

Mais celui-ci n'écoute rien. Pire ! Il revient se caler entre Taka et moi.

— Non ! Je ne peux pas vous laisser assumer mes

conneries à ma place. Si vous devez en vouloir à quelqu'un, c'est à moi.

Putain, dès que l'occasion m'en sera donnée, il va prendre cher, cet abruti !

— OK ! approuve Taka. Alors, explique-moi.

— Il s'avère que je parle très bien l'espagnol, grâce à ma mère. Elle a fait ses études à Mexico, et elle…

— Je m'en moque de savoir comment tu as appris l'espagnol, le coupe Taka. Ce que je veux savoir en revanche, c'est pourquoi vous avez foutu la merde dans un de mes restaurants favoris. Je suis bon pour verser un sacré pourboire au patron, moi maintenant. Mais je t'avertis, Smoke, je ne compte pas payer l'addition tout seul.

— Je passe un coup de fil, et tu auras tout le pognon que tu demandes, certifié-je.

— Hum… Alors, *pendejo*, j'attends toujours tes explications.

Bolder grogne en s'avançant vers l'Indien, et par réflexe, je pose une main sur son torse pour l'arrêter.

— Désolé. Je ne supporte pas cette injure, déclare-t-il, tout penaud.

— Laquelle ? m'étonné-je. *Pendejo* ?

Je l'ai souvent entendue au cours de mes quatre années d'emprisonnement. J'ai fini par comprendre qu'elle signifiait quelque chose comme « connard », ou « abruti ». Enfin, un truc dans ce goût-là.

Bolder approuve silencieusement. À la manière dont il se comporte, je pense que ce mot le renvoie dans ses jeunes années. Au même titre que la phrase : « T'es qu'une pauvre merde », fait écho en moi de façon tellement négative, que j'ai envie de tout démolir.

— Quand les gars sont passés et qu'ils ont vu les bécanes garées sur le trottoir, ils ont dit un truc du genre : « Ces *pendejos* d'Américains, ils se croient tout permis. »

— Et ça t'a suffi pour péter un plomb ? s'énerve Tyler. Je suis responsable de toi. Je t'ai recommandé. On est des étrangers ici, on doit faire profil bas.

J'observe mon frère, interloqué. Ty n'est pas un grand bavard. Aussi, le voir débiter autant de mots en une seule tirade, et sans être bourré, prouve à quel point il se sent mal.

— C'est terminé, lâché-je en surprenant Taka réprimer un sourire. On a tous une corde sensible avec laquelle il ne faut pas jouer. Désormais, on connaît la tienne.

— Bon, venez. Je vous conduis jusqu'à notre quartier général. Mais je t'avertis, le prospect, fini les pétages de plombs. Parce que dis-toi bien que ce mot qui te fait disjoncter, on l'utilise très souvent ici. Alors, contrôle tes nerfs, OK ?

— Tu as compris ? le houspillé-je pour m'assurer que le message était passé.

— Ouais, ouais, confirme-t-il, blasé.

Eyana

Allongée sur mon lit, je joue avec mon portable, en ressassant inlassablement la façon dont nous nous sommes quittés avec Nolan. Je regrette que les choses se soient passées ainsi. Il a répondu présent pour moi, et ce depuis notre toute première rencontre. Là, il m'offre un cadeau somptueux, et je ne suis même pas capable de le remercier comme il se doit. D'autant que je crevais d'envie de lui sauter au cou, et de me laisser enfin un peu aller dans ses bras. Si seulement Devon n'était pas entré à ce moment-là.

Je glisse mon index sur l'écran qui s'allume, tape sur la petite enveloppe, et commence à rédiger mon message, avant de me figer... Une fois de plus... Alors, j'efface tout... Encore !

Je devrais peut-être lui téléphoner, au lieu d'envoyer un pauvre texto ? La grande question qui m'a obsédée quasiment toute la journée revient de nouveau me fracturer le crâne, à la vitesse d'un boomerang.

Pourtant, Luke a déployé des trésors d'ingéniosité pour me divertir. Entre deux parties de jeux vidéo, nous avons regardé trois films. Tous ennuyeux comme la pluie, mais qui ont eu le mérite de lui plaire, ce qui est déjà pas mal. Je découvre enfin mon frère, le vrai. Celui qui est linéaire dans ses émotions, sans sautes d'humeur ni agressivité. En réalité, Luke est un très gentil garçon. Sensible et généreux. Je pense qu'il a été un peu trop surprotégé. Du coup, il n'était pas forcément prêt à encaisser certaines rudesses de la vie. Mais maintenant, il semble plus résigné, ce qui par extension le rend aussi plus fort. J'ai également cru comprendre qu'il fréquentait quelqu'un. Par contre, j'ai eu beau le torturer à grand renfort de chatouilles, j'ai fait chou blanc ! Impossible d'obtenir un prénom.

Durant le troisième film, j'ai prétexté être fatiguée pour quitter le salon, et venir m'enfermer ici. J'espère qu'il ne va pas tarder à partir. J'ai hâte de me retrouver un peu seule chez moi, pour faire le point, au calme. Le souvenir de ce matin, trop frais et trop présent dans mon esprit, m'empêche de m'amuser. J'ignore combien de temps nous allons être séparés avec Nolan, et cette question m'angoisse. Trop. Il est inhabituel que je panique à ce point.

Le boucan significatif d'une Harley en approche me tire de mes pensées. Ce doit être Devon qui rentre chez lui, et qui passe devant la maison, pour s'assurer qu'elle est encore en un seul morceau. Or, à ma grande surprise, la moto s'arrête. Je pose mon portable sur la table de chevet, et me propulse hors du lit. Je boite moins, mais ma jambe, et surtout ma cheville, sont toujours douloureuses.

J'arrive dans le salon en même temps que Devon, qui jette son sac à dos sur le canapé. Au creux de son bras droit, il tient une poche en papier kraft. Si j'osais, je dirais qu'il a acheté à manger. Pourvu que...

— Qu'est-ce que tu fais là, Devon ? Je ne me souviens pas t'avoir invité.

Dogzilla, qui sent mon mécontentement, vient me prêter mainforte en se postant à côté de mes pieds.

— Luke doit partir aider mon père. Il ne peut pas surveiller la maison de Mama tout seul, ce n'est plus de son âge. Et comme tu refuses de t'installer chez moi, j'm'adapte. C'est on ne peut plus simple.

Je croise le regard de mon frère qui lève les sourcils au ciel, en pinçant les lèvres comme pour réprimer un sourire. Voire carrément, un éclat de rire. Et moi... Eh bien, je suis au bord de l'explosion.

J'ai fini par comprendre qu'il est presque inutile d'essayer de tenir tête à Devon. Il est au moins aussi têtu que moi, si ce n'est plus. Et je ne suis pas un cadeau... En plus, n'ayant pas digéré ma dispute avec Nolan, je n'ai pas tellement envie de jouer l'acte deux, là tout de suite, avec Devon. En réalité, je n'en ai pas la force. Même si j'ai tout mis en œuvre pour le nier, depuis ce matin, je me sens vidée, triste, et malheureuse. J'espérais, si moi je n'arrivais pas à lui écrire ce foutu SMS, que lui prendrait l'initiative. Non. Je me trompais. Alors, je réagis de la seule façon possible pour moi, à cet instant. Je capitule.

— OK. Comme tu veux. Moi, je reste dans ma chambre. Interdiction de me déranger.

Les deux Loups échangent un regard surpris. Je ne leur laisse pas le temps de rétorquer, ni à l'un ni à l'autre. J'exécute une volte-face, et remonte le couloir en direction de mon lit. Seul endroit où j'ai envie d'être. Dans mon dos, je les entends chuchoter, des mots incompréhensibles.

À peine je commence à sombrer dans les limbes du sommeil, que de petits coups frappés sur ma porte me font sursauter. Qu'est-ce qui n'était pas clair dans : « Interdiction de me déranger » ?

— Eyana ? J'ai besoin de renfort, tu veux bien venir ?

Je ne réponds pas. En fait, je ne bouge même pas. J'espère, sans doute trop naïvement, qu'il gobera que je dors.

— S'il te plaît.

Alors là, c'est à marquer d'une pierre blanche. Devon qui utilise une formule de politesse, ce doit être super important. Ma curiosité est piquée au vif. Ni une ni deux, je me lève, j'ouvre, mais reste silencieuse. Après tout, c'est lui qui réclame mon aide, pas le contraire. Donc s'il veut vraiment me faire sortir d'ici, il va devoir y mettre du sien.

— Je prépare une recette que ma mère m'a apprise quand j'étais jeune, et j'aurais bien besoin d'un coup de main.

Devon qui cuisine. Je vais de surprise en surprise

avec le Président, ce soir. Je reconnais que pour le coup, mon lit ne m'attire plus autant. Au contraire, même. Et puis, il m'a tout de même sauvé la vie. Je peux bien me rendre utile pour essayer de sauver sa recette.

Toujours dans le silence le plus absolu, je lui fais signe d'avancer, puis je lui emboîte le pas jusque dans la cuisine.

— Qu'est-ce que tu comptes préparer ?

— Je vais tenter de reproduire ce que ma mère appelait une brouillade de poisson. Tu aimes le poisson, j'espère ?

— J'aime tout, sauf les coups de bâton.

Ma réponse a fusé toute seule, sans le moindre contrôle. Du coup, nous nous dévisageons quelques secondes, sans doute aussi surpris l'un que l'autre, avant d'éclater de rire.

D'ailleurs, c'est même la première fois de la journée que je rigole. À bien y réfléchir, c'est également la première fois que j'entends Devon se marrer. Ses traits s'adoucissent, et ses yeux pétillent d'une drôle de façon.

— Alors ? Qu'est-ce que je dois faire ?

Ce moment d'allégresse m'a redonné un peu de joie de vivre. Espérons que ça dure.

— Je ne vais pas te demander d'éplucher les oignons, ce ne serait pas très gentleman. Je te confie les poivrons. Il faut les couper en dés très fins, m'explique-t-il en posant les légumes sur le comptoir.

Je m'assieds, et il me tend deux couteaux, un grand et un petit. Je choisis le plus petit, puis je m'attaque à la découpe.

— Où est-ce qu'elle est ta mère à présent ? demandé-je afin de briser ce silence, qui commence à m'indisposer.

— Elle est décédée.

Merveilleux ! Je ne me sentais déjà pas très bien, voilà que je viens de mettre les pieds dans le plat.

— Je suis désolée.

— Pourquoi ? Ce n'est pas ta faute, déclare-t-il en m'adressant un clin d'œil.

Je manque de m'étouffer en avalant ma propre salive. À quoi il joue, là ? Puis je percute. Du dos de la main, il se frotte la joue pour essuyer une larme. Vive les oignons !

— Qu'est-ce qu'il lui est arrivé ? Si tu ne veux pas en parler, m'empressé-je d'ajouter, je comprendrai.

— Non, c'est bon, t'inquiète. Elle souffrait d'une maladie orpheline dégénérative qui s'attaquait à ses yeux. Quand elle a perdu la vue, la maladie a pris de l'ampleur, pour finalement endommager tous les autres organes.

— C'est horrible...

— Mais j'ai quand même une anecdote plutôt drôle par rapport à ça. Tu veux l'entendre ?

— Bien sûr !

— Comme toi, elle adorait la nature, et les animaux. Quand on faisait des trajets en voiture, la nuit, elle se penchait en avant, la main serrée autour de l'accoudoir. Les paupières plissées, elle scrutait la route, pour éviter que mon père écrase une bestiole. C'était une telle source de stress pour elle, que lorsqu'elle devinait deux yeux brillants quelque part dans le paysage, elle criait : « Un animal ! Il y a un animal ! »

Le visage, à la fois souriant et détendu, le biker, d'ordinaire si dur et si viril, hurle en imitant une voix haut perchée. Son index brandi tapisse mon carrelage d'épluchures, pour le plus grand plaisir de Dog.

— Parfois juste devant le nez de mon père, poursuit-il, l'air nostalgique. Il râlait comme un âne, mais je sais que ça l'agaçait autant que ça l'amusait.

— C'est mignon. Rusty l'aimait beaucoup, c'est pour ça qu'il restait calme.

Il lève une épaule, puis se penche sur mes poivrons pour voir où j'en suis.

— Ouais, c'est pas mal. Tiens ! Fais pareil avec ces carottes, m'ordonne-t-il en posant l'économe et les légumes sur la planche à découper.

— Alors, déjà, j'aurais apprécié un « s'il te plaît » ! Et d'autre part, je ne suis pas commis de cuisine, moi !

— Fallait pas t'en sortir aussi bien avec les poivrons. C'est ta faute. Si tu avais échoué au test, tu n'aurais pas été de corvée pour la suite.

— Ben voyons ! Tu n'as rien trouvé de mieux comme excuse ? Franchement, tu me déçois.

— Allez, c'est donnant donnant. Tu as droit à une autre question.

Celle-ci me vient en quelques secondes.

— Est-ce que Rusty a retrouvé une compagne, après ?

— Je n'étais pas un adolescent facile.

— Tu m'étonnes... commenté-je, visiblement un peu trop fort.

— Non, mais je t'en prie, s'offusque-t-il, un demi-sourire aux lèvres. Te gêne pas.

Je ris devant sa moue faussement vexée.

— Continue, l'encouragé-je. Sinon, moi aussi je m'arrête d'éplucher les carottes.

— Ah, oui ? Tu es comme ça, toi ? Tu marches au chantage ? Ce n'est pas joli, joli.

Je pose l'économe, puis je croise les bras sur ma poitrine.

— D'accord. C'était quoi déjà ta question ?

— Alzheimer te guette, ou tu le fais juste exprès pour essayer de gagner du temps ?

— Gagner du temps, avec toi, c'est impossible. Tu es presque aussi têtue que moi.

— Ça, je ne te le fais pas dire. OK. Alors, reprenons. Rusty ? Une autre compagne ? Et toi, un adolescent pas facile.

— Ah oui, voilà ! surjoue-t-il. Eh bien, non. Mon père, à ma connaissance bien sûr, est resté seul. Il paraît que c'est le loup en nous, qui détecte notre âme sœur.

— Ah bon ? Je l'ignorais. Mais... pourquoi, il paraît ?

— Parce que même si le loup a la capacité de décider certaines de nos actions, je ne crois pas qu'il puisse contrôler nos émotions. Est-ce que ta part animale te dicte ta conduite ?

— D'après ce que j'ai compris, nous n'entretenons pas le même relationnel que vous, avec notre part surnaturelle. Alors, établir une comparaison ne me semble pas très pertinent. Surtout en ce qui concerne l'amour. C'est un sentiment tellement complexe.

Cette conversation me ramène à Nolan, et à notre dispute de ce matin. Durant quelques minutes, j'avais oublié que nous étions en froid. Mon cœur en était plus serein. Le retour à la réalité est rude.

— Sans doute.

Sa réponse me laisse perplexe.

— Comment ça, sans doute ? Tu veux dire que tu n'as jamais été amoureux ?

— Si ! Bien sûr que si ! Mais j'étais jeune, et surtout, très naïf... Ce n'était certainement pas mon loup qui me guidait.

— Ah bon ? Et c'était quoi alors ? demandé-je un brin taquine.

Je ne l'aurais jamais cru, mais je suis plutôt contente qu'il soit présent, ici, ce soir. Sans aller jusqu'à m'apaiser totalement, le fait de parler de lui, d'oublier un peu mes problèmes, ça me fait du bien. Et si j'osais, je dirais qu'à lui aussi, ça lui fait bien, de s'éloigner quelques heures des affaires du club. De pouvoir tomber le masque de gros dur, qui ne se laisse marcher sur les pattes par personne, et qui doit tout le temps réfléchir pour soumettre des décisions pertinentes.

— Pff ! souffle-t-il en levant les yeux au ciel. Bon ! Quand tu auras fini de dire des conneries, tu termineras de débiter tes légumes. Parce que je te signale que je t'attends là, pour continuer la recette.

Le reste de la soirée se passe plutôt bien. Nous trouvons des sujets de conversation assez aisément. Nous rions, beaucoup, ce qui m'étonne encore plus. La brouillade de poisson est délicieuse. Même Dogzilla a léché toute sa gamelle.

Quand arrive l'heure d'aller se coucher, Devon me propose un truc surprenant. En fait, ce n'est peut-être pas tant ce qu'il me propose qui est étrange, c'est plutôt la façon dont c'est amené. Ou les deux.

— Je suis libre demain. Je sais que tu as l'habitude de faire du sport tous les jours, mais avec ta cheville, c'est compromis. Et comme il fait encore beau, je me disais que l'on pourrait aller se baigner. Enfin, si tu veux ? Tu pourras bouger, sans pour autant forcer sur ta jambe. Et puis, on pourra même amener Dog.

J'aime bien la façon dont il appuie sur cette dernière phrase, comme si c'était l'argument choc. Par contre, entre passer une soirée avec lui, et toute une journée, il y a une sacrée différence. Même si je reconnais que notre relation s'améliore, et que je le découvre sous un jour nouveau, je me demande si c'est raisonnable. En même temps, je n'ai pas un programme de ministre non plus. Difficile d'opposer une quelconque résistance.

— D'accord. Pourquoi pas ? Mais on ne va pas tenir tous les trois sur ta bécane.

— T'inquiète pas. Va te reposer, je me charge de tout.

Je l'observe quelques secondes. Ses traits sont métamorphosés. Il est vraiment détendu. Son sourire me touche, à tel point qu'il en devient contagieux.

— Bonne nuit, Devon, soufflé-je en partant dans le couloir.

Puis, je m'immobilise, avant de faire demi-tour.

— Et merci pour ce soir. C'était sympa. Bizarre par moments, mais sympa.

— Bizarre, c'est ma marque de fabrique. De rien, Eyana. Bonne nuit.

De retour dans ma chambre, je réalise que j'avais laissé mon portable sur la table de chevet. J'hésite à le toucher. Vais-je y trouver le texto tant attendu ? Ou non ? Tant que je suis dans l'ignorance, j'ai toujours l'espoir. Après, une fois que j'aurai ma réponse, je serai ou contente, ou déçue. Il n'y aura plus cette ambivalence. Ce sera tout ou rien.

Nolan

Nous suivons Taka jusqu'à la périphérie de la ville. Une gigantesque structure entourée de hauts grillages rehaussés de barbelés s'invite au milieu du paysage de sable. De chaque côté de l'immense portail en métal vert foncé, dans les tours de garde, deux zigotos nous observent. Un lycan à droite, et un humain à gauche.

Cette constatation confirme les rumeurs que j'ai entendues en prison. Le clan des Guerreros accepte toutes les races. Une solution de facilité pour gonfler les rangs. Maintenant, reste à savoir comment réagira le Haut-Conseil en le découvrant. Ou bien, peut-être qu'ils en ont déjà connaissance ? Dans ce cas, les règles que nous suivons habituellement ne s'appliquent pas ici.

À travers la fenêtre de sa Jeep, Taka adresse un geste de la main à l'humain, qui hoche la tête en direction d'une personne au sol. Le portail coulisse d'un côté, en émettant un épouvantable grincement.

— Un coup de graisse lui ferait pas de mal, remarque Bolder.

Je lui décoche un regard assassin.

— Je croyais qu'on t'avait dit de la boucler ? marmonne Ty.

Putain ! Ça y est, je stresse. Ce qui n'aurait dû être qu'une mission « diplomatique » risque de tourner au drame à cause de cet abruti.

— Quoi ? Je n'ai rien dit de mal !

Je frotte mes mains sur mes cuisses, en quête des bons mots.

— Je t'avertis, chuchoté-je en me penchant légèrement vers lui. Si tu ne la fermes pas, je t'assomme et je t'enterre si profond dans le désert que tu auras beau gueuler, personne ne te retrouvera jamais. C'est clair ?

— OK, confirme-t-il en exhibant ses paumes.

Nous entrons dans l'enceinte fortifiée où un troll nous indique aussitôt un petit abri, pour garer nos bécanes. En posant pied à terre, je l'interpelle.

— S'il te plaît ! Peux-tu montrer au prospect où vous gardez le matériel pour nettoyer vos véhicules ?

Il grogne ce qui s'apparente à un oui, avant de tourner les talons.

— Tu vas laver les Harley, ordonné-je à Bolder. Elles en ont bien besoin après ce long trajet. Et pendant ce temps, tu réfléchiras à ce que je t'ai dit.

Désappointé, il lance un regard de détresse en direction de son mentor.

— Je veux que les chromes brillent comme s'ils étaient neufs, enchaîne Tyler, pour bien enfoncer le clou.

— Au moins, pendant qu'il sera ici, il y a peu de chances qu'il fasse tout foirer, soufflé-je à mon frère, soulagé.

Mais sa réaction ne me rassure pas. Ou plutôt, son absence de réaction.

Nous rejoignons Taka, qui nous attend à côté de sa Jeep.

— Jesús arrive. C'est lui qui décidera si vous pouvez entrer ou non. Mon rôle s'arrête là.

— Très bien. Je te remercie, terminé-je en lui tendant la main.

— Tu me remercieras si vous trouvez un terrain d'entente.

Taka tourne les talons, nous laissant Tyler et moi cuire sous le soleil mexicain.

C'est alors qu'arrive le fameux Jesús. Sous cette masse de cheveux châtains frisés, ses yeux perçants, d'une couleur indéterminée, nous fixent. Il descend les quelques marches de la bâtisse en bois, dans son ensemble en lin blanc. Quant à son prénom, ou surnom, peu importe, il n'est pas exagéré, étant donné que Jesús est un nephilim.

— Putain... souffle Ty à ma droite.

Un mot encore plus élégant percute mon esprit, mais j'ai tout de même le réflexe de lui administrer un coup de coude pour le faire taire. Là, on est dans une sacrée merde ! Car même si je n'en ai jamais vu avant, leurs pouvoirs ne sont un mystère pour personne. Avec leur capacité à lire dans les pensées, et leur faculté pour détendre quiconque, pas étonnant que les Guerreros comptent autant de membres de natures si différentes. Pire qu'un gourou dans une secte, il peut retourner le cerveau d'un individu en quelques minutes. Si ça se trouve, le Haut-Conseil mexicain lui mange dans la main.

Quant à nous, même si ce n'était pas mon intention, impossible de lui jouer de la flûte. La seule façon que nous ayons de sortir d'ici entier et vivant est de jouer cartes sur table.

Je savais que cette mission n'était pas sans risque, mais le niveau de dangerosité vient de grimper à son maximum.

Mes pensées s'envolent vers Eyana. Quel con j'ai été de me barrer comme ça !

— Messieurs, nous salue Jesús, en me tendant la main. Enchanté, Nolan.

J'hésite un quart de seconde, puis je l'empoigne. Une vague de chaleur et de bien-être m'engloutit d'un coup. Le contact à peine rompu, j'ai déjà envie de le toucher à nouveau.

— Et toi, tu es Tyler.

En voyant son visage se détendre instantanément, je comprends que lui aussi l'a ressenti.

— Vous pouvez entrer, nous invite-t-il en s'écartant du passage.

D'un geste, il nous indique la direction. Même si cela peut paraître stupide, je me sens tellement désorienté par ce qu'il vient de se produire, que je lui en suis reconnaissant.

Nous traversons ce qui s'apparente à un bar. Tout est en bois à l'intérieur, ce qui confère à l'endroit une ambiance très chaleureuse. Autour du billard, au centre de la pièce, un sorcier affronte un humain. Le match est perdu d'avance pour lui, étant donné que le magicien n'utilise même pas de queue. Il manipule les boules grâce à un sortilège.

— Tu triches, Salazar, fait remarquer Jesús, qui a pris la tête de notre trio.

— C'est la faute d'Andrés, boss ! Il m'a mis au défi de gagner malgré mes pouvoirs.

Jesús s'arrête au niveau de la table, un sourire aux lèvres.

— Hum... Et le résultat est-il à la hauteur de tes espérances, Andrés ?

— Je fais de mon mieux, Jesús.

— C'est le principal. Mais, vous terminerez plus tard. Je veux tous les membres disponibles à l'église dans cinq minutes.

Le qualificatif de leur salle de réunion m'amuse. Entre le Temple et l'église, il n'y a pas grande différence.

Le dénommé Andrés pose sa queue sur le tapis de feutre vert, et s'éloigne au pas de course, en compagnie du sorcier, pour rameuter les troupes.

Dans l'angle, derrière le comptoir, une jolie serveuse, tout à fait à mon goût, m'offre un beau sourire. Seulement, je n'ai pas le temps de m'attarder sur ses courbes. Juste à côté de la demoiselle, Jesús ouvre une double porte en bois sculpté, qui donne sur une immense salle. Je réalise à ce moment-là que je me trompais. En réalité, leur église s'avère bien différente de notre Temple. Avec ses bancs, ses vitraux et son autel qui nous fait face, l'atmosphère change du tout au tout.

— Suivez-moi, nous intime Jesús.

Il nous guide jusqu'à la petite estrade, puis d'un geste de la main, nous invite à nous asseoir sur des chaises en osier. Les mains sur la sainte table, notre hôte attend ses ouailles.

Religieusement, et étant donné l'endroit, c'est de circonstance, humains, trolls, fées, lycanthropes, sorciers et métamorphes investissent les allées dans le plus grand silence. Il ne manque que des djinns et quelques suceurs de sang pour compléter le tableau. Bien que je doute de voir un vampire entrer dans un lieu sacré tel que celui-ci. Idem pour un démon. Cela m'étonnerait qu'ils soient les bienvenus.

— Mes chers frères, nous sommes réunis aujourd'hui pour accueillir deux membres du Motor Club des Loups du Crépuscule d'Albuquerque. Nolan, et Tyler, détaille-t-il en nous présentant d'un geste de la main.

— Bonjour, lance l'assemblée à l'unisson.

— Nolan et Tyler ont parcouru toute cette route jusqu'à nous, dans le but de nous proposer une offre. Je vais donc laisser la parole à l'un d'eux.

Jesús se tourne vers nous, et Tyler me dévisage, l'air de dire : « C'est ta mission, mon frère ».

Et le mot mission prend tout à coup un autre sens, également.

Peu à l'aise devant cette congrégation, pour le moins hétéroclite, je me lève, et prends appui sur l'autel en bois. Même si bien sûr, je m'attendais à devoir exposer la raison de notre venue ici, le côté solennel de la situation m'indispose légèrement.

— Nous t'écoutons, Nolan, m'encourage Jesús.

Connaissant désormais la nature de notre hôte, je pense préférable de tout dire, plutôt que de tronquer la vérité. S'il découvre tous les tenants et les aboutissants de cette histoire dans nos têtes, au lieu de les entendre de vive voix, il y a de grandes chances pour que cela se retourne contre nous.

— Il y a environ deux semaines, nous avons déclaré la guerre au cartel de Romero en plombant un de ses business. Notre but est de retrouver notre indépendance, parce que je le reconnais, nous étions très engagés dans cette affaire. Et dans une autre aussi, mais j'y arrive. En représailles, ils ont dynamité notre club house, et causé la mort d'un de nos membres, ainsi que celle d'une groupie.

Des « désolé » et « condoléances » murmurés s'échappent des lèvres de l'auditoire.

— Merci. Si nous sommes ici, aujourd'hui, c'est pour vous proposer de nous donner un coup de main. Nous voulons éradiquer l'empire Romero, tout en vous créant une place de choix sur le marché de la méthamphétamine au Nouveau-Mexique. Vous le savez sûrement, c'est le cartel qui produit et distribue *la Cactus*. Cette drogue, particulièrement addictive, plaît autant aux humains qu'aux surnats, vous empêchant de prospérer et de conquérir de nouveaux territoires.

Des hochements de tête approbateurs m'encouragent à poursuivre.

— Aussi, voici le deal. Aidez-nous à localiser le labo où elle est préparée. Je ne vous cache pas qu'en fonction de sa situation géographique et de son ampleur, peut-être que nous vous solliciterons une seconde fois pour nous prêter mainforte afin de le détruire. En échange, nous vous mettrons en contact avec des distributeurs fiables au Nouveau-Mexique, qui n'attendent que vous et la disparition de Romero. Eux aussi ont une dent contre l'original. Quant à nous, les Loups du Crépuscule, on s'engage à escorter les premiers convois de la frontière jusqu'à Albuquerque, jusqu'à ce qu'un climat de confiance soit instauré. Ensuite, nous passerons le flambeau à un autre club que nous vous présenterons en temps voulu.

Je m'arrête, et lance un regard vers Jesús, qui s'est installé à ma place aux côtés de Ty, pour lui confirmer la fin de mon laïus. Impassible, il se lève, pour prendre le relais.

— Bien ! Avez-vous des questions pour notre ami Nolan ?

— Quelle quantité de meth on pourra écouler par semaine ? demande un sorcier au second rang.

Je n'en ai aucune idée, mais j'ai foi en la capacité d'adaptation des djinns, sans parler de leur soif d'argent. Quant aux Skulls, c'est pareil. Leur club compte bien plus de chapitres que le nôtre. Il leur sera facile de rameuter du monde pour jouer les protecteurs.

— Quelle quantité pouvez-vous produire et acheminer jusqu'à la frontière, par semaine ?

Un sourire malicieux s'invite sur toutes les lèvres, y compris sur le faciès de Jesús.

— Parfait. Je crois que nous possédons tous les

éléments pour procéder au vote. Celui-ci se tiendra demain, à 15 h. D'ici là, parlez-en à ceux qui étaient absents. Réfléchissez, et pour ceux qui seront dans l'incapacité de venir, récupérez leurs voix. En attendant, Nolan, Tyler, vous êtes les bienvenus dans notre modeste demeure.

La soirée chez les Guerreros ne diffère pas tellement d'une soirée au *Sans Souci*. De l'alcool, de la musique, bon certes, là, il y a une légère variation... N'étant pas très doué en espagnol, les paroles m'échappent, mais les rythmes sont entraînants. Et bien sûr, des filles. Sur ce point, je dois reconnaître que nous sommes gâtés. Évidemment, l'amoureux transi, Tyler, n'a pas pu s'empêcher de mesurer ses dons au billard, au grand dam de ses adversaires. Il rafle la mise à tous les coups. Par chez nous, plus personne ne veut jouer contre lui, alors, inutile de préciser qu'il est ravi.

Quant à Bolder, malgré une journée sur la route, et un début de soirée passé à briquer les bécanes, il s'est enfermé dans sa chambre avec trois nanas. Rien que ça !

Ici, ils ne les qualifient pas de groupies, cependant, je pense que leur statut équivaut à celui que nous leur attribuons. Elles ont l'air aussi dévouées. La seule différence, c'est qu'aucun homme ne va vers elles. C'est même tout le contraire. Ce sont elles qui choisissent leur partenaire.

Et moi, j'hésite encore. Ce ne sont pourtant pas les offres qui manquent. Appuyé au comptoir, je discute avec Ciléo, un farfadet que j'ai bien connu en taule, et que je suis très heureux de retrouver. Nous nous sommes serré les coudes à plusieurs reprises.

— Ça te dit de passer un moment en ma compagnie, mon loup ? me demande une jolie blonde en glissant ses mains sous mon tee-shirt.

Moi qui voulais être mis à l'épreuve pour déterminer mes sentiments ambigus envers Eyana, je suis servi ! Je sais que je pourrais tout à fait me laisser aller avec cette fille, sans pour autant la tromper, mais j'ai l'impression que je ne pourrais plus affronter ses magnifiques yeux bleus.

— Non. Merci, ma belle, objecté-je en repoussant ses mains.

— Ben, dis donc ! s'exclame Ciléo, assis sur son tabouret juste à côté de moi. C'est la quatrième nana que tu envoies balader. Je croyais que tu avais une réputation de tombeur, plutôt affamé, si tu vois ce que je veux dire. Tu as déjà rattrapé le temps perdu, on dirait !

Les farfadets sont monogames, et lorsqu'ils s'attachent à quelqu'un, il leur est quasiment impossible de s'en détourner. Le seul problème, c'est qu'ils souffrent souvent d'un complexe d'infériorité, à cause de leur nanisme. Cependant, je me dis que si quelqu'un peut me comprendre, sans pour autant me juger, c'est bien lui.

— En fait, il y a cette métamorphe, murmuré-je sur le ton de la confidence, que j'ai rencontrée le soir de ma sortie. Il ne s'est rien passé entre nous, et pourtant, elle est toujours omniprésente dans ma tête.

— Oh !

Son sourire moqueur s'efface pour laisser la place à une certaine mélancolie, il me semble. Il avale d'une traite le reste de son whisky, en regardant le mur en face de nous.

— Ça va ? m'inquiété-je.
— Pour être honnête... Non. Non, ça ne va pas. Et je crois que ça n'ira plus jamais.

Si j'étais bien parti pour quelques confidences, j'ai finalement l'impression que c'est moi qui vais devoir prêter une oreille attentive. Il se ressert un verre, puis lève la bouteille dans ma direction. Je pose ma main sur le shot, attendant la suite avec une certaine appréhension. Écouter n'est pas un problème, mais s'il en vient à me demander des conseils, surtout sur le plan des relations hommes femmes, alors là, on n'est pas sorti du sable.

— Quand tu as mentionné le cartel, Romero et la *Cactus*, tout à l'heure, si j'avais pu, j'aurais voté oui direct.

Je fronce les sourcils, un peu perdu. On parlait bien gonzesses, non ?

— Dakota, c'est comme ça qu'elle se faisait appeler. Son vrai prénom c'était Maria, mais elle trouvait ce prénom trop prude. En même temps, qu'est-ce qui évoque plus la religion que ce genre de prénom ?

Il se marre. Malgré tout, derrière son rire, je descelle une grande tristesse.

— Elle était l'amour de ma vie, mais cette merde de *Cactus* me l'a arrachée ! s'énerve-t-il.

D'un geste brusque, il avale le contenu de son verre avant de se resservir.

— Sans Romero et son foutu business, elle serait encore là, ma jolie Dakota. Bien sûr, rien n'était possible entre nous. Tu imagines ? Un farfadet avec une sorcière. La bonne blague. Mais j'en étais dingue. Et savoir qu'elle respirait le même air que moi suffisait à mon bonheur, enchaîne-t-il en levant de nouveau son coude.

Je le regarde, impuissant, déverser son chagrin et sa haine.

— Tu veux un conseil, Smoke ?
— Je t'écoute, vieux.
— Cette nana, tu t'en fous qu'elle soit une métamorphe !
— Sa nature ne me dérange pas, précisé-je, surpris.
— Alors qu'est-ce que tu attends, *pendejo* ? La vie est courte, putain ! Que tu aies une chance avec elle ou non, peu importe ! Dis-lui ce que tu ressens. Fais-lui comprendre, si tu ne trouves pas les mots. Mais tu ne sais pas ce qui peut arriver. Je ne te le souhaite pas, mais imagine que tu ne la revois jamais, ta jolie métamorphe ?

Eyana est l'amour incarné. Elle ne joue pas, ne triche pas. Elle exhibe son cœur et ses émotions au risque qu'il soit piétiné... détruit... Et un monde sans elle, sans sa sincérité, sans sa pureté, je ne peux l'envisager. Même si je ne dois pas être celui qui contribuera à son bonheur, je dois au moins essayer, ne serait-ce que pour la protéger.

Face à mes sentiments profonds, je sens mon loup prendre plus de place à l'intérieur de moi. Comme s'il grandissait dans l'unique but de la conquérir. De la posséder. De lui montrer que nous sommes dignes d'elle.

— Je te remercie, articulé-je en posant une main sur l'épaule de mon ami.

Nous passons un moment sans parler, à simplement regarder ce qui se déroule autour de nous, quand tout à coup, je percute un détail.

— Dis-moi, je suis désolé de revenir sur ce sujet, mais Dakota, elle faisait partie du clan des Guerreros, c'est bien ça ? Au même titre que les autres filles ici.

— Exact, oui. Pourquoi cette question ?

— Eh bien, en fait, on pensait que la *Cactus* n'était disponible qu'au Nouveau-Mexique, et un peu au Texas. On ne s'imaginait pas que Romero avait aussi des distributeurs de ce côté de la frontière. Mais, c'est con comme raisonnement.

— Pas tant que ça, non. Il vit aux USA, c'est normal d'avoir envisagé la situation sous cet angle. Et tu veux que je te dise...

Il s'arrête et regarde autour de lui, avant de poursuivre.

— Viens avec moi.

Il saute de son tabouret, et je lui emboîte le pas jusqu'à l'extérieur.

— Tu ne remarques rien ? m'interroge-t-il en indiquant les alentours d'un geste ample.

La nuit froide du désert, avec son vent et ses

nuages, plombe l'atmosphère. À part ça, rien ne me choque vraiment.

— Franchement, je ne vois rien de particulier.

— Tu sais que les Guerreros sont multiraces ? Tiens compte de cette information, et regarde mieux.

Je scrute encore les alentours, quand je saisis ce qu'il insinue.

— Il n'y a pas de vampires, exprimé-je à demi amusé. En même temps, j'imagine mal des loups-garous s'associer avec des suceurs de sang.

— Détrompe-toi, Smoke. À cette heure-ci, en principe, ce sont des vampires qui montent la garde. Seulement, ils ont presque tous déserté le territoire mexicain au cours des dernières années. Évanouis dans la nature... Pouf... Et ces disparitions ont commencé en même temps que la *Cactus* a débarqué dans nos rues. Étrange, non ? Même Marius, Président du Haut-Conseil et allié, est aux abonnés absents.

— Vous pensez que Romero est impliqué là-dedans ?

— Tu nous as bien expliqué qu'il n'hésitait pas à kidnapper des métamorphes pour les exploiter lors de combats. Qu'est-ce qui l'empêcherait d'enlever des vampires ?

— Dans quel but ?

— Ah, ça... Nous l'ignorons... Mais, je ne serais pas surpris que le vote de demain tourne en la faveur de ton club. Nous sommes nombreux, mais beaucoup d'entre nous ne sont plus en âge de livrer bataille. Encore moins contre le cartel. Et au-delà du business prometteur que vous nous proposez, on tient à sauver nos amis. Si c'est toujours possible, bien sûr.

Devon

Des nuits de ce genre, je n'en vis pas souvent. Un sommeil lourd et réparateur comme ça, c'est rare. Même si j'ai éprouvé quelques difficultés à m'endormir, à cause de mes pensées vagabondes. Imaginer Eyana dans la pièce d'à côté m'a un peu perturbé. Malgré tout, je n'ai pas ressenti une seule seconde ni l'envie ni le besoin de me rendre au fight-club. Étrange...

Heureusement que le clébard est là. Je suis confiant, je peux compter sur lui pour surveiller sa maîtresse. C'est rassurant.

Du coup, je saute hors du lit avec de l'énergie à revendre, et l'estomac dans les chaussettes. Je boufferais un lion.

J'ouvre la porte de ma chambre, et aussitôt, l'odeur du café flotte jusqu'à mes narines. Des bruits en provenance de la cuisine m'indiquent qu'elle est déjà levée.

Merde !

Même si ce n'est pas dans mes habitudes, je voulais m'occuper d'elle toute la journée. Il semblerait que j'ai raté mon entrée.

— Salut, lancé-je. Tu vas mieux, on dirait ?

— Ce n'est pas encore tout à fait guéri, mais je peux marcher sans grimacer. La douleur est plus supportable. Je t'en sers une tasse ? me demande-t-elle en indiquant la machine.

— Commencer une journée sans café, c'est comme essayer de démarrer une bécane sans essence.

Je m'approche pour saisir la verseuse en verre dans sa main. C'est la première fois que je la touche. Sa peau caramel est aussi douce que de la soie. Son parfum sucré vient titiller mes sens, déjà exacerbés. Mon regard planté dans ses deux saphirs, elle rompt le contact presque aussitôt. Mal à l'aise, je crois. Ce qui n'empêche pas mon loup de hurler à la mort pour en demander davantage.

Il est clair qu'il est imprégné. Mais sur ce coup-là, ce n'est pas lui qui dirige. Hors de question.

Malgré c'que j'ai raconté hier soir, tu sais très bien que tu m'as déjà fait ce coup-là, mon vieux ! songé-je comme s'il pouvait m'entendre. *J'me suis ramassé en beauté, et j'compte pas remettre ça ! L'humain que je suis a aussi son mot à dire.*

Alors, je reste impassible.

Du moins, je l'espère.

Et qu'est-ce qui me prend à jacter avec mon loup ? C'est l'influence d'Eyana, ça. Avec ses âneries au sujet de l'harmonie entre elle et sa part surnaturelle, elle me retourne le cerveau. Je suis un lycanthrope. Chez nous, chacun domine à tour de rôle. Même si les deux entités finissent forcément par déteindre l'une sur l'autre...

— Je vais prendre une douche, m'explique-t-elle en s'éloignant. Par contre, si ta proposition est toujours d'actualité, pour le lac, il faudra faire un arrêt dans un magasin de lingerie. Parce que figure-toi qu'au Canada, ce n'est pas l'endroit idéal pour les baignades en plein air. Du coup... j'ai besoin d'un maillot.

Allons bon ! Une séance shopping. Voilà qui va être une grande première pour moi. Mais j'ai avancé un programme, je m'y tiendrai.

— Pas de problème.

De ce temps, je sors des placards tout ce que j'ai repéré hier soir, pour préparer un pique-nique digne de ce nom. Si Clint me voyait, il me renverrait ma pique de l'autre jour à la figure avec allégresse. Je l'entends d'ici : « Tu es en train de virer bonne femme, mec ! » Heureusement, il est loin.

J'attrape le riz déjà cuit et qui, depuis la veille, a bien refroidi, pour y ajouter quelques ingrédients, ainsi que des chips, et un paquet de biscuits. La présence de Dogzilla dans mes pieds depuis que j'ai commencé à ouvrir les placards, me rappelle de prendre sa gamelle, accompagnée d'une grosse ration de croquettes. Elle ne pourra pas dire que je laisse son clébard mourir de faim.

Je profite également de l'absence d'Eyana pour m'éclipser jusque chez moi, non sans une certaine appréhension de l'abandonner ainsi, même pour quelques minutes, seule sans surveillance. Bien à l'abri dans mon garage, au chaud sous une bâche, je sors la voiture qui nous servira de carrosse pour la journée. Une Chevrolet Impala noire de 1967 que je bichonne avec le plus grand soin, depuis mon adolescence. J'adore les motos, mais cette beauté, c'est autre chose... Imaginer Dogzilla à l'intérieur me tord les boyaux, mais tout bien réfléchi, un bon nettoyage et il n'y paraîtra plus.

Après ma douche, me voilà prêt à prendre mille et une précautions pour installer le chien dans ma voiture. Non pour sa sécurité, mais pour protéger ma beauté. Eyana n'est pas dupe. J'écope de quelques railleries bien senties de sa part, que je préfère oublier. D'autant que je tiens à conserver l'ambiance détendue qui règne désormais entre nous.

Enfin, nous sommes en route. Nous sillonnons les rues de la ville en quête d'une boutique de sous-vêtements.

— Tu ignores vraiment où en trouver une ? s'étonne ma passagère. Tu n'as jamais offert de lingerie à tes conquêtes ?

— Mes conquêtes, ce sont les groupies. Et j'pense qu'elles savent bien mieux que moi ce qui leur va, et c'qui leur fait plaisir.

— Quel rustre ! s'exclame-t-elle en pianotant sur son portable. Il y en a une pas très loin. Prends à droite au prochain carrefour.

Je me gare le long du trottoir, à quelques mètres

de la vitrine. Au moment où je descends pour l'accompagner, elle s'immobilise.

— Où vas-tu ?

— Hors de question que je te perde de vue. Je te rappelle que c'est toi qui as plombé le meeting de Romero. Tu es sûrement en tête de sa liste pour d'éventuelles représailles.

Bon, et puis, j'avoue, je suis quand même curieux de découvrir à quoi ça ressemble, ce genre de boutique.

— D'accord, mais Dogzilla ? Qu'est-ce que tu en fais ? Des confettis ?

Je hausse les épaules, puis je me penche pour ouvrir un peu plus les fenêtres.

— Ah non ! Pas question ! s'exclame-t-elle avec autant de véhémence que si je m'apprêtais à incendier un lieu sacré. Malgré tes misérables fenêtres entrebâillées, il risque quand même le coup de chaud. En plus, est-ce que tu laisses ton portefeuille en évidence dans la voiture, toi ?

Je ne comprends pas très bien où elle veut en venir. Perplexe, et aussi, un peu intrigué, je rentre dans son jeu.

— Bien sûr que non.

— Alors pourquoi devrais-je laisser mon chien sans surveillance ? Il est irremplaçable, lui, contrairement à tes papiers d'identité.

OK ! Là, elle marque un point.

— Si je t'attends dehors, devant la vitrine avec lui, ça te va ?

Elle ouvre la portière arrière pour libérer le clebs, tout en opinant du chef.

Putain ! J'fais des efforts, mais la journée s'annonce rude, quand même !

Visiblement, le shopping, ce n'est pas la tasse de thé d'Eyana. Une chance pour moi. En une demi-heure, la voilà ressortie. Bien qu'en l'attendant, j'ai découvert un truc qui attire encore plus les femmes que le blouson. Son chien est un véritable aimant à gonzesses. Ça me donnerait presque envie d'en prendre un.

Presque...

Parce que là, mes yeux sont rivés sur le joli petit sac blanc et rose, en papier glacé, au bout de son bras. Je n'avais pas réalisé que j'allais voir ses courbes. Enfin... Les voir vraiment. De près. Du coup, je m'interroge. Était-ce une si bonne idée que ça, de l'amener se baigner ? Cependant, je crois que c'est un peu trop tard pour se poser la question.

— Tu as trouvé ce que tu voulais ?

— Ce n'est pas aussi couvrant que je l'aurais souhaité, mais ça ira.

Putain ! Pourquoi j'ai demandé ?

À notre arrivée à la base de loisirs, Eyana nous oblige à longer plus de la moitié du lac pour dénicher un endroit loin de la foule. Avec sa patte folle, j'ai beau lui expliquer qu'elle devrait s'économiser, rien n'y fait. Niveau ténacité, sur ce coup-là, je m'avoue vaincu.

Dogzilla renifle tous les pins et buissons, pendant que moi je la suis, avec ma glacière. Si jusqu'à présent elle ne m'a servi qu'à transporter des bières pour quelques parties de pêche avec mon père, là, nous ressemblons à un vrai petit couple. Le genre qui vient passer une journée tranquille à la plage. Bon, à condition de faire abstraction de ma dégaine, parce qu'il est hors de question que je trempe mon cul dans l'eau.

La journée passe plutôt vite, tout compte fait. Entre deux baignades et quelques idées salaces générées par mon cerveau malade, j'observe du coin de l'œil Eyana, allongée sur sa serviette. Elle est quand même arrivée à me convaincre de me tremper au moins les pieds. Résultat, j'ai plein de sable entre les orteils. Pour remettre mes boots au moment de partir, ça va être pratique cette histoire.

Mais je suis content, parce qu'elle semble détendue. Le chien a également cessé de divaguer dans tous les sens depuis plusieurs heures. Et si je me montre honnête avec moi-même, je me sens vraiment bien. J'ai l'impression que la dernière fois où j'ai été aussi apaisé remonte à une éternité. Ses questions sur le club, nos affaires, et la façon dont je vis tout ce maelstrom d'émotions et d'emmerdes, m'ont permis de réaliser le poids de la charge mentale qui incombe à un Président. Je n'en avais pas notion lorsque j'ai eu cet entretien avec Ray, avant qu'il propose aux gars de voter pour moi, pour lui succéder. J'aurais dû prendre mon temps pour y réfléchir, au lieu d'accepter sans discuter.

En fait, il n'était pas trop tard, pour refuser. Même lorsqu'il m'a expliqué que je serais obligé de le relayer, pour jouer le rôle de la taupe auprès de cet enfoiré de Romero.

Toutefois, je ne peux en aucun cas lui parler de ce tronçon de l'histoire.

— Ça s'est rafraîchi, non ? me demande Eyana, qui me ramène sur terre de façon plutôt abrupte. On devrait rentrer, peut-être ?

J'étais tellement perdu dans mes pensées, que je n'avais pas capté que le soleil déclinait.

— Heu... Oui. Tu as raison.

Je me relève, et pendant que nous commençons à ranger, mon portable sonne pour m'indiquer l'arrivée d'un texto. Même si elle a tenté d'être discrète, j'ai bien remarqué ses multiples œillades sur son téléphone. D'ailleurs, ses deux saphirs braqués sur moi expriment clairement son attente.

— Tu ne réponds pas ?

Hors de question de lui confirmer que le message vient de Smoke. Alors, je lui offre ma meilleure répartie. Un grognement.

Et le pire, c'est qu'à mon grand désespoir, en découvrant le contenu du SMS, je me rends compte que ce genre de réaction colle avec tout. À la revoyure mon calme et ma sérénité. À la place, bonjour l'angoisse et les embrouilles.

Nolan

Ty, Bolder et moi attendons dans la salle du bar que le vote se termine. Quelques nanas, comme ils les appellent ici, s'occupent de nous servir, tout en nous tenant compagnie. Je dois subir l'influence d'Eyana plus que de raison, parce qu'à part quelques verres de whisky en compagnie de Ciléo hier soir, je carbure uniquement à la bière sans alcool.

Putain ! La voilà une fois de plus qui s'immisce dans mes pensées. Je n'ai aucun problème pour pardonner les autres quand ils font des boulettes. Je ne connais pas la rancune. Par contre, j'ai toujours du mal à admettre mes erreurs. Du coup, j'attends de la voir pour lui parler en face. Même si je constate qu'elle n'a pas essayé de me joindre non plus.

Je me suis peut-être tout imaginé. J'ai cru qu'elle allait m'embrasser dans le garage, quand je lui ai offert la bécane. Mais si ça se trouve, elle se sentait juste redevable.

Quel con !

Heureusement, je n'ai pas la possibilité de poursuivre ma torture mentale. Une des portes de l'église s'ouvre sur un sorcier, qui d'un geste de la main, nous indique de le suivre.

— Venez mes amis, nous invite Jesús du haut de son estrade. Thomas, Tyler, prenez place au premier rang, s'il vous plaît. Nolan, si tu veux bien me rejoindre.

J'échange un regard entendu avec mon frère, avant de grimper les quelques marches. Toutes ces cérémonies et ces façons de procéder sont si loin de nos protocoles habituels, qu'une certaine appréhension s'installe dans mes entrailles.

— J'ai des questions pour toi. Et je tiens à ce que les choses soient parfaitement claires. Notre implication réside dans les réponses que tu vas nous fournir maintenant.

— OK, acquiescé-je, perplexe.

— Vous nous demandez de vous aider à localiser le laboratoire où est fabriquée la *Cactus*, pour stopper sa commercialisation. En échange, vous nous présenterez à des distributeurs prêts à vendre notre propre marchandise. C'est bien ça ?

— Exact.

— Alors, ça ne nous suffit pas.

Je souffle, désarçonné. Je ne suis pas en mesure de prendre une décision. Je ne suis qu'un messager, un représentant du club, pas son Président. Pourtant, je me sens piégé, et j'ai bien l'impression que si je ne réponds pas tout de suite et de la bonne manière, cette association nous passera sous le nez. D'autant que je suis quasiment certain qu'ils savent déjà où se trouve le laboratoire.

— Que voulez-vous d'autre ?

— Suite à ta conversation avec Ciléo hier soir, vous êtes désormais au courant des disparitions de vampires sur le territoire mexicain. Nombre d'entre eux sont des amis, ou des alliés des Guerreros. Aussi, nous souhaitons nous assurer que, si, comme nous le soupçonnons, Romero est impliqué dans ces disparitions, les Loups du Crépuscule seront à nos côtés pour nous aider à les secourir.

Je marque un temps d'arrêt. J'ai besoin de procéder à une analyse rapide de la situation.

— Je ne comprends pas.

— Je me suis mal exprimé, on dirait. Ce que j'essaie de t'expliquer, et de garantir, c'est que si nous retrouvons des vampires au cours de notre excursion pour localiser le laboratoire, nous pourrons compter sur vous. Je sais que vous ne les portez pas en très haute estime. Nous devons être certains que vous ne vous en prendrez pas à l'un d'eux, pour passer cet accord. C'est la raison pour laquelle je veux m'assurer de votre entière coopération à tous pour aller jusqu'à les libérer, si l'occasion se présente.

Sa tirade me confirme qu'il sait quelque chose.

— Oui, avoue-t-il. Je sais quelque chose, effectivement.

— Tu n'as pas le droit de lire dans mes pensées !

— J'ai tous les droits, Nolan. Tu es dans ma demeure, ici, je te le rappelle. Alors ? Pourrons-nous compter sur les Loups du Crépuscule pour sauver des vampires ? Oui, ou non ?

Je lance un regard presque désespéré vers Tyler, qui hoche la tête l'air de dire : « On n'a pas vraiment le choix. »

Devon va me haïr. Il déteste les suceurs de sang. Et encore plus être contraint. Tant pis !

— C'est d'accord, certifié-je d'une voix ferme. Même si les loups et les vampires sont rivaux par nature, nous ne sommes pas des monstres. Nous ne les laisserons pas entre les mains de Romero.

— Voilà un discours qui me plaît, Nolan. Juste un dernier détail, encore. J'ai failli oublier. Je voudrais que ton Président et le reste de ton club aient l'amabilité de se rendre jusqu'ici. Nous aurons besoin d'eux. Et qu'ils viennent avec les djinns que vous souhaitez nous présenter. Je n'ai jamais eu l'occasion d'en rencontrer. Je suis très impatient de faire leur connaissance.

Je fulmine intérieurement, mais comme il doit déjà le savoir, autant prendre sur moi.

— Sage décision, confirme-t-il, sans le moindre scrupule à l'idée de s'immiscer ainsi dans ma tête. Nous vous guiderons dès que le reste de ton club et les djinns seront là. Vous pourrez tous dormir ici, si le cœur vous en dit. Fin de la messe, les enfants.

Je n'ai pas le temps d'ajouter quoi que ce soit, que Jesús commence déjà à s'éloigner, pendant que tout le monde quitte l'église.

— Jesús, attends ! l'interpellé-je, sans trop savoir quoi lui dire pour rectifier le tir.

— Un problème ?

Je regarde de nouveau Tyler, qui pince les lèvres en haussant les sourcils. Pas le choix, je capitule.

— Non. Je contacte Devon tout de suite.

— Bien. On se revoit dès que ton Président arrive. Je vous souhaite un bon séjour parmi nous.

Nous patientons quelques instants, jusqu'à nous retrouver seuls tous les trois, quand Bolder déclare tout haut, ce que nous pensons tout bas.

— Je ne connais pas bien Devon, mais je ne crois pas que cette façon de lui mettre le couteau sous la gorge va beaucoup lui plaire.

— Il va détester, tu veux dire, précise Ty. Quand dois-tu le contacter ?

— Nous avons convenu que dès que nous aurions une réponse, je lui enverrais un message, articulé-je en récupérant mon portable, dans la poche arrière de mon jean.

>Salut, Prez'. C'est OK, mais faut qu'on parle. Légères complications…

Je pensais qu'il serait impatient de tout savoir et qu'il appellerait aussitôt, cependant, après presque dix minutes d'attente, nous décidons de revenir au bar. Au pire des cas, je trouverai bien un endroit pour m'isoler le moment venu.

Eyana

— Je refuse d'aller vivre chez Shirley, fulminé-je. Ça fait des semaines que l'explosion du *Sans Souci* a eu lieu. Depuis, le cartel ne s'est pas manifesté une seule fois. Je ne vois pas pourquoi tu continues à imposer à tout le monde une surveillance aussi accrue.

Debout au milieu du salon, Devon, dont les yeux affichent une couleur jaune flamboyant depuis plusieurs minutes, se détourne. Il longe le canapé, soit en quête de sang-froid, soit à la recherche des bons mots pour me convaincre. Mais je ne changerai pas d'avis, c'est peine perdue.

— Eyana, putain ! s'exclame-t-il en se retournant. Tu vas me rendre complètement dingue, à force. Je connais Romero. Je sais comment il procède. Cette accalmie n'est qu'un leurre, pour nous faire croire que l'histoire est enterrée. Il veut que je relâche ma garde, pour mieux contre-attaquer.

Même si ses arguments sont cohérents, et tout à fait plausibles, je ne vois pas en quoi aller vivre chez Shirley changera quelque chose.

— Et mon rendez-vous de demain, avec le sponsor, je devrai l'annuler alors ?

— Non. Je chargerai Grizzli de vous accompagner, Kirby et toi. Nous partirons dans la soirée, de toute façon.

— C'est qui ce Grizzli ? Je le connais pas, si ?

— Il fait partie du club depuis des années, mais en tant que membre nomade. Il demande justement sa réintégration. J'ai toute confiance en lui.

— Et toi, où seras-tu pendant ce temps ?

Il marque une pause, et ses pupilles retrouvent leur couleur sombre habituelle.

Ce n'est pas parce que je me suis tenue à l'écart de la civilisation pendant dix mois, que je ne sais pas reconnaître les signes lorsqu'un mec s'intéresse d'un peu trop près. Du coup, avec cette question, je me rends compte que je risque d'alimenter une attention, que je me dois au contraire d'étouffer dans l'œuf. Devon a beau me montrer certains aspects de sa personnalité que je ne soupçonnais même pas, et déclencher en moi un certain affect, ce n'est pas pour autant que j'ai envie de lui sauter au cou.

— Ce que je veux dire, m'empressé-je d'ajouter, c'est pourquoi lui ? Pourquoi pas Clint, ou mon frère ?

Son visage se décompose un bref instant, sous l'effet de la déception.

— Parce que je dois leur parler pour organiser notre départ au Mexique, articule-t-il de façon un peu trop exagérée, sans doute pour se donner une contenance. Et s'il y a un problème, sache que Grizzli possède bien plus de force que nous tous réunis. Il a hérité de cette particularité, au même titre que Mamba avec sa vision thermique. Il fera un excellent garde du corps pour Kirby et toi. En plus, c'était son job avant de nous rejoindre.

S'il persiste à avancer de tels arguments, je ne vais pas pouvoir continuer à le contrer très longtemps.

— Et si je n'en veux pas, moi, de garde du corps ? Comment on fait ?

— Eyana, je te l'ai déjà dit, souffle-t-il avec une certaine lassitude. C'est mon rôle en tant que Président de veiller sur tout le monde. Tu ne crois pas que je me sens suffisamment coupable de ce qui est arrivé à Bryan et à Gaby ? Tu penses vraiment que j'ai envie d'ajouter d'autres noms à la liste ?

Mince ! Jamais je n'aurais soupçonné qu'il puisse se défendre aussi bien.

— Bien ! s'exclame-t-il, l'air satisfait. Comme tu m'as balancé une fois, qui ne dit mot consent. J'en conclus donc que tu es d'accord.

Merde ! Prise à mon propre piège. Un poil vexée, je tourne les talons dans le but de me glisser sous une douche relaxante, avant de rejoindre mon lit.

— Où vas-tu ? me demande-t-il, surpris.

— Me laver ! Je peux ? Ou là aussi, tu vas m'assigner un garde du corps ?

Seul le silence me répond.

Bon, d'accord. Je l'admets. Ma réaction est un peu disproportionnée. Mais je déteste que l'on me donne des ordres, ou que l'on m'impose des situations dont je n'ai pas envie.

À travers la baie vitrée, j'aperçois Dogzilla qui examine les odeurs de son jardin. Je suis bien contente de l'avoir fait identifier, et vacciner, ainsi nous pouvons quitter l'État à tout moment. Et je crois que ma présence ici n'a que trop duré. Mon frère va beaucoup mieux. Sa cure de désintoxication est un succès. Quant au club, même si je n'ai pas compris pourquoi ils doivent se rendre au Mexique, il est en bonne voie pour se consacrer à des affaires légales. Pour ce qui est de Nolan...

Je referme la porte de la salle de bain derrière moi, et sors mon téléphone de ma poche. Toujours aucune nouvelle de lui.

Malgré une bonne dose d'huile de monoï, je ne suis toujours pas calmée. En sortant dans le couloir, j'entends le son de la télévision au salon, mais je n'aperçois pas de tignasse brune au-dessus du canapé. Je m'avance, et découvre Devon dans la cuisine.

— J'ai fait réchauffer le reste de brouillade de poisson, avec le riz de ce midi, ça devrait suffire pour ce soir.

— Merci, mais je suis fatiguée et je n'ai pas faim. Je vais me coucher. Bonne nuit.

Sa mine déconfite confirme mes soupçons. Il ne s'est pas montré aussi gentil avec moi pour rien. Il attendait plus de notre relation. J'ai horreur de blesser les gens, mais là, c'était vraiment nécessaire. Alors, je m'en félicite. Il vaut mieux que les choses soient claires, plutôt que de nourrir de faux espoirs.

D'un pas ferme, je pars dans ma chambre, où j'attrape mon ordinateur portable. Par la porte entrebâillée, Dogzilla fait son entrée. Il saute sur le lit, et s'allonge le long de mes jambes.

— *Tu es fâchée contre Devon ?*

Je me lève, pousse le battant, et reviens m'installer. Bien sûr, je prends soin de me remettre exactement dans la même position, pour bénéficier de sa chaleur et de son contact apaisants.

— Tu nous as entendus, je pense ?

— *Ouais. Mais, c'est pour ton bien, non ? Et moi, je veux pas qu'il t'arrive quoi que ce soit.*

— Rassure-toi, Dog. Il ne m'arrivera rien. D'ailleurs, tu vois, je suis en train de nous chercher une solution pour quitter Albuquerque.

— *Tu as vraiment envie de partir ?*

Le fait qu'il ne s'inquiète plus, à l'idée que je pourrais disparaître sans lui, prouve qu'il a bien saisi que nous formons un duo indestructible. Sa confiance me touche tellement, que je me penche vers lui en attrapant sa tête, pour claquer un gros bisou sur son crâne.

— *Qu'est-ce que j'ai fait ?*

Je ris.

— Rien. C'est juste que ça me fait plaisir, de voir

que tu ne doutes pas un seul instant que tu feras partie du voyage. Parce que tu as bien compris que je ne m'envolerai pas sans toi, n'est-ce pas ?

— *Ben, ouais. Tu as dit que tu nous cherchais une solution. Le « nous » m'implique forcément, non ?*

— C'est vrai, réalisé-je.

— *Alors ? Où voudrais-tu qu'on aille ?*

— Loin... Là où il n'y a pas de loups-garous, pas de cartel, pas de Président pour donner des ordres, et encore moins de Nolan...

Eyana

J'ai consacré une partie de la soirée à établir plusieurs plans, pour notre départ, à Dogzilla et à moi. Dans l'immédiat, aucune destination n'a véritablement retenu mon attention. Deux ont ma préférence. Non parce qu'elles m'attirent, bien au contraire, mais ce sont deux grandes villes avec de nombreuses offres d'emploi. Si je parviens à reconstituer un bon pécule, je pourrai reprendre ma vie là où je l'avais laissée, avant l'arrivée de cet avocat spécialisé en droits de succession.

Je ne regrette pas ces quelques semaines à Albuquerque. J'y ai rencontré des gens formidables, en plus d'en avoir appris beaucoup sur mes origines. Et sans que je m'en rende compte, découvrir mon histoire m'a permis d'évoluer. Même si vu de l'extérieur, souhaiter revenir à la case départ n'est pas forcément un signe de progrès.

Mon planning de la journée est limpide. J'ai déjà envoyé un message à Kirby pour lui confirmer ma présence chez Mama vers 13 h 30. Le temps de prendre nos affaires, de finir de se synchroniser pour l'entretien, et de s'y rendre, une heure et demie, c'est largement suffisant. De plus, les longueurs de natation hier n'équivalent en rien à de vraies séances de sport. Aussi, même si ma jambe me fait encore un peu souffrir, j'ai besoin de renforcer mon dos avec des exercices de musculation. Ce sera donc mon programme de ce matin.

Dogzilla, qui a passé toute la nuit enfermé avec moi, trépigne devant la porte de la chambre. Je m'habille à la vitesse grand V, d'un short et d'un débardeur, puis je lui ouvre avant de me faufiler dans la salle de bain pour attacher mes cheveux. Je n'ai pas le temps de l'atteindre que j'entends mon chien grogner, puis aboyer avec véhémence.

— Putain ! Je le savais ! Je lui avais dit qu'il valait mieux la réveiller ! Eyana ?

Je ne connais pas cette voix, mais vu la teneur du discours, et si je tiens compte de la déception de Devon hier soir, je ne serais pas surprise de rencontrer le fameux Grizzli.

— Du calme, Dog ! le tempéré-je en me dirigeant vers le salon.

Je découvre un biker brun, avec une petite barbe bien entretenue, les mains au-dessus des épaules, paumes face à moi, doigts écartés.

— Viens, Dog, lui ordonné-je.

J'ouvre la baie vitrée pour libérer mon fauve,

puis me tourne vers mon nouveau garde du corps.

— Grizzli, je suppose ?

— Tu supposes bien. Désolé pour cette entrée, si j'ose dire. Devon m'a bipé tard hier soir, et il a refusé qu'on te réveille. Il y a du café, m'informe-t-il en allant vers la cuisine. Je t'en sers une tasse ?

C'est fou cette capacité qu'ont les Loups du Crépuscule à se sentir partout chez eux.

— Non, merci. Mais fais comme chez toi.

Bien sûr, c'est ironique. Il n'avait pas besoin de mon autorisation pour ça.

Grizzli s'avère très intéressant. J'ignore si son ouverture d'esprit lui vient des différentes personnes qu'il a eu la chance de croiser sur la route, toujours est-il que le temps en sa compagnie est passé relativement vite. Comme moi, il se montre plutôt tolérant envers toutes les races de surnaturels, bien que ce ne soit pas pour la même raison. Là où moi, j'en ai connu très peu, lui au contraire, en a côtoyé tout un bataillon.

Nous voilà donc en chemin avec Kirby, tous les trois dans la voiture de Mama. J'ai hâte d'en finir avec ce rendez-vous. Si tout se déroule bien, si une première personne accorde sa confiance au garage, alors, Kirby aura plus de facilité par la suite à en convaincre d'autres.

Je pense déjà au retour. Comme il est toujours hors de question que je m'installe dans la maison de Shirley, sur le trajet jusque chez moi, je demanderai à Grizzli de me déposer au cimetière. Luke ayant décliné ma proposition de m'accompagner, encore... j'irai seule. D'autant que je refuse de quitter la ville sans m'être recueillie au moins une fois sur la tombe de mon père. J'aurais vraiment voulu m'y rendre avec mon frère, mais je n'arrive pas à savoir pourquoi il s'obstine à rejeter mon offre. Tant pis ! Aujourd'hui, je dois me faire une raison. Et puis, ma décision est prise. Le club s'en va ce soir pour le Mexique, et moi, je partirai d'Albuquerque demain, pour... J'ignore encore pour quelle destination, mais je dispose de toute la nuit pour confirmer mon choix. Grizzli m'a dit avoir passé de bons moments dans le Nebraska, dans la banlieue de Lincoln. Je ne connais pas cet état. Ce serait l'occasion de combler cette lacune, en plus de me rapprocher du Canada.

À cause de la circulation, nous arrivons pile à l'heure. Grizzli nous dépose au bas d'un gratte-ciel dans un secteur plutôt huppé de la ville.

— Je me gare et je vous rejoins dès que je peux.

— Rassure-toi, modère Kirby. On gère.

Au pas de course, on s'engouffre dans le hall d'entrée, jusqu'à l'accueil. Une rousse avec un col roulé qui lui donne un air guindé, et des lunettes de vue en forme d'ailes de papillon, nous adresse un sourire crispé, pour nous inviter à approcher.

— Bonjour ! lançons-nous à l'unisson.

Nous nous observons quelques secondes, attendant que l'une ou l'autre prenne la parole. Je me jette à l'eau.

— Nous avons rendez-vous à 15 h, avec monsieur

Milton. Il a dû nous enregistrer sous le nom Garage DAVIS.

— Je suis désolée, mais vous devez faire erreur. Il n'y a aucun monsieur Milton, dans nos locaux.

— Comment ça ? s'étonne Kirby. Vous êtes sûre ? La tour est immense, et vous n'avez même pas vérifié dans vos registres. Édouard Milton. Regardez bien, s'il vous plaît.

— C'est inutile, madame. Cela fait 17 ans que je travaille ici. Je connais personnellement tous les occupants de ces bureaux. Vous avez dû vous tromper d'adresse, tout simplement.

Avec le concours de l'hôtesse, qui finalement s'est montrée plus aimable qu'elle n'en avait l'air au départ, nous contrôlons toutes les informations communiquées par le dénommé Milton. Après plusieurs minutes, nous sommes obligées d'en arriver à la conclusion que les coordonnées qu'il nous a fournies sont fausses.

Silencieuses, et surtout dépitées, pour ne pas dire écœurées, nous ressortons de l'enceinte. Debout sur le bord du trottoir, nous cherchons Grizzli.

— Il vaut mieux l'attendre ici, conseille Kirby. Évitons de nous disperser.

— Hum, confirmé-je, incapable de prononcer de vrais mots, tellement le dégoût imprègne tout mon être.

Les yeux dirigés vers le bitume, je fais rouler un petit caillou au bout de mon pied. Je voulais quitter la ville en laissant le club sur de bons rails. Dois-je reculer la date de mon départ, au moins jusqu'à ce que Kirby décroche un premier contrat ?

Un véhicule s'arrête pile devant nous, me forçant à relever le nez. La porte coulissante du fourgon noir s'ouvre. Trois hommes avec des masques de Donald Trump en sortent. Enfin, hommes. Non. Des lycanthropes, plutôt. L'un s'attaque à Kirby que j'entends se débattre, pendant que les deux autres saisissent mes bras.

— Lâchez-moi ! hurlé-je en apercevant du coin de l'œil, mon amie allongée au sol.

Le troisième tente de me mettre un tissu sur le visage, mais je me démène comme un beau diable.

— Viens ici, toi !

Je reconnais la voix modulée de Grizzli, et je sens l'agresseur dans mon dos s'éloigner. Cela ne suffit pourtant pas. Les deux garous m'attirent à l'intérieur de la camionnette. Allongée contre la taule, l'un d'eux continue de me tirer, pendant que l'autre essaie de me pousser. J'exécute une série de coups de pied dans le vide pour l'empêcher au mieux de m'immobiliser les membres inférieurs, lorsque la haute stature de Grizzli surgit dans mon champ de vision. Il empoigne le gars à l'extérieur et l'envoie valser au loin, puis m'attrape une jambe pour me ramener vers lui. Celle qui est blessée, évidemment ! Une douleur vive m'arrache un cri. Je sens les mains de mon dernier ravisseur glisser le long de mon poignet, quand ses doigts froids se faufilent sous mon débardeur. Par réflexe, craignant pour ma dignité, je saisis son pouce que je tords, l'obligeant ainsi à sortir son énorme paluche. Grizzli, avec sa force herculéenne, m'extrait enfin du véhicule, mais sans ménagement aucun. Je m'écrase lamentablement sur le trottoir, qui est loin d'être aussi moelleux que mon matelas. Je ne vais pas me plaindre, car grâce à lui, et malgré les bleus et les contusions, au moins je suis sauvée.

Le chauffeur du fourgon démarre en trombe, abandonnant deux de ses complices sur le bitume. L'un d'eux s'éloigne déjà en courant, tandis que l'autre, celui que Grizzli a envoyé valdinguer, est toujours couché au sol.

— Ça va ? Laisse-moi t'aider, m'ordonne Grizzli en devinant que j'essaie de me relever.

— Merci, soufflé-je en nous guidant vers Kirby.

Mes doigts sur son cou, je cherche son pouls.

— Elle est sonnée, affirmé-je en dirigeant mon regard vers le lycan dans les vapes.

Toujours grâce à Grizzli, je m'avance vers lui. Puis je me penche pour lui retirer son masque de Donald Trump.

— Tu l'as déjà vu, ce type ?

Il me faut quelques secondes pour me le remémorer.

— C'est un des gardes du corps de Romero. Il était présent au meeting où nous sommes allés avec Nolan.

— Hum... Aïe...

Derrière nous, Kirby émerge petit à petit, en même temps que des sirènes de police retentissent. Elles se rapprochent rapidement.

— Il vaut mieux qu'on dégage, lance Grizzli en aidant Kirby à se relever. Tu peux marcher ?

— Oui, je crois...

— OK ! On y va.

Sous les injonctions de certains badauds nous interdisant ou nous suggérant de rester là, nous quittons malgré tout la zone le plus vite possible.

— La police est sûrement à la solde de Romero, explique Kirby en remontant dans la voiture, garée dans un parking sous-terrain un peu plus loin. Maintenant qu'il est maire, il lui est facile de contrôler toutes les institutions de la ville.

— C'est pour ça qu'il est aussi hors de question que je vous conduise à l'hosto, rétorque Grizzli. Pourtant, il va bien falloir vous soigner.

— J'appelle Clint, pour qu'il demande à Erin de nous rejoindre, annonce Kirby en sortant son téléphone de son sac.

— Qui est Erin ?

— Une sorcière que fréquente Clint. Elle est médecin.

— Clint a une régulière ?

C'est à partir de ce moment-là que mon cerveau décroche. Je songe à tous mes projets, remis encore en question à cause du club. Mes pensées se dirigent aussi vers Nolan, et c'est la goutte d'eau qui fait déborder le vase. Mon cœur explose de chagrin. Assise à l'arrière, je tourne la tête vers l'extérieur, pour masquer les larmes rebelles qui tentent de dévaler mes joues. Je les efface du bout des doigts.

— Eyana ? m'interpelle Kirby. C'est ça ? Je dis à Clint que nous serons chez toi ?

— Hum ? Ah... Oui.

— C'est ça, confirme-t-elle à son interlocuteur.

On sera bien chez Eyana. À toute !

Les yeux toujours rivés sur le paysage qui défile par la fenêtre, je devine le poids de son regard.

— Comment te sens-tu ?

J'inspire un grand coup avant de lui répondre.

— Ma jambe me lance, et j'ai bien cru à un moment donné que celui dans le fourgon cherchait à me peloter, mais je gère. Et toi ?

— Juste un gros mal de crâne. J'ignore quel était le produit qu'il m'a obligée à inhaler, mais ça m'a fait penser à une odeur de fleur. Un peu comme celle du lys, il me semble. Attends... Tu as dit qu'il cherchait à te peloter ? J'ai bien entendu ?

Grizzli m'observe par intermittence à l'aide du rétroviseur central.

— Oui, c'est ça. Il a plongé sa main dans mon débardeur, et...

Je m'arrête en reproduisant le geste de mon agresseur, pour en sortir mon pendentif en forme de papillon.

— À moins que... continué-je.

— À moins que ce qu'il cherchait, c'était ton collier, poursuit Kirby.

Nous échangeons un regard interrogateur.

— Tu devrais profiter de la présence d'Erin, enchaîne-t-elle, pour lui montrer cet artefact. Elle pourra peut-être t'en dire plus.

— Mais pourquoi Romero s'intéresserait à un pendentif qui permet d'entendre les pensées des chiens ? demandé-je.

Pour l'instant, je n'ai dit à personne que j'avais perçu les propos de Nolan sous sa forme lupine. Et vu la tournure des événements, il est sans doute préférable que je conserve cette information secrète, au moins quelque temps.

— Je crois surtout que la première question qui se pose est : « Comment a-t-il su que tu possèdes un artefact magique ? »

— Et aussi : « Que compte-t-il en faire ? » renchérit Grizzli.

J'aurais dû partir tant que c'était encore possible, hier soir, ou même ce matin, au lieu de pinailler sur la destination... Avec ce qu'il vient de se produire, Devon risque de renforcer la sécurité autour de ma petite personne, ce qui ne m'arrange pas du tout.

Devant la fenêtre de ma chambre, pour gagner en clarté, Erin examine les pupilles de Kirby à l'aide d'une petite torche en forme de stylo.

— Je présume que la solution, qui imbibait le tissu, contenait de l'aconit. Très jolie fleur, mais extrêmement toxique. Que ce soit pour vous ou pour les humains, d'ailleurs. Seule une sorcière peut en supporter les effluves sans risquer pour sa vie.

Je repense à celle qui accompagnait Romero le jour de son allocution au parc. Impossible de l'oublier, tellement elle m'a fait froid dans le dos.

— Est-ce qu'il va y avoir des effets secondaires ? s'inquiète Kirby.

— Pourquoi, les maux de tête ne sont pas suffisants ? s'amuse Erin.

Je l'aime bien. Je comprends qu'elle ait conquis le cœur de Clint. Elle est pleine d'humour, comme lui.

— Oh, si, si !

— Alors, tout ce que je peux te recommander, c'est un bon somme. À ton réveil, tu devrais te sentir beaucoup mieux.

— Tu ne me donnes rien pour atténuer la douleur ?

— Sans connaître la composition exacte de ce que tu as inhalé, je préfère éviter. C'est trop risqué, désolée.

— Oh... tant pis. Merci, Erin.

Mon amie me lance un regard triste, avant de quitter la pièce.

— À nous deux. Enfin, trois, si je compte ton fidèle compagnon.

Dogzilla, allongé à mes côtés sur le lit, s'inquiète depuis qu'il m'a vue arriver dans les bras de Grizzli. J'ai eu beau refuser à cor et à cri qu'il me porte, impossible de lutter contre sa force de colosse.

— J'ai besoin que tu retires ton pantalon pour t'examiner. Seulement, ta jambe a tellement gonflé que je doute même que tu puisses l'enlever sans t'infliger d'atroces souffrances. M'autorises-tu à le découper ?

Ma garde-robe contient très peu de vêtements, et ce jean noir moulant fait partie de mes favoris.

— Je veux tout de même essayer, avant d'en arriver à cet extrême. Peut-être qu'avec ton aide... ?

— Bien. C'est toi la patiente, et c'est ta douleur.

Après quelques contorsions, des gémissements accompagnés de magnifiques grimaces, et un Dogzilla prêt à me mordre pour me convaincre de sacrifier mon précieux pantalon, je cède.

— Ce n'est vraiment pas joli. La plaie est profonde. Et avec ce dernier traitement de choc infligé par Grizzli pour te sauver, tu vas mettre plusieurs jours à guérir. Mais heureusement, ce n'est pas parce que je n'ai rien pu faire de concret pour Kirby qu'il en est de même pour toi. Je pense avoir le remède idéal. Dans quarante-huit heures tout au plus, tu seras comme neuve.

Elle se tourne vers la table de chevet, pour poser la lampe au sol, avant de fouiller dans sa sacoche. Elle en sort différents ingrédients, ainsi qu'un pilon et un mortier.

— Ce qui ne sera pas le cas de mon pantalon, malheureusement.

— *Oh, c'est bon ! Tu vas pas pleurer pour un bout de tissu ! Voilà ce que j'en fais, moi, de ton fute !*

Dogzilla attrape une jambe, et secoue le vêtement dans tous les sens. Ses facéties ont le mérite de me redonner le sourire.

— Tu es un gentil chien... soufflé-je sous le regard intrigué d'Erin.

— C'est vrai, ce que m'a dit Clint, au sujet de ton pendentif ? me demande-t-elle tout en mélangeant au fur et à mesure les herbes et autres substances qu'elle parsème dans le mortier.

— Qu'il me permet d'entendre les pensées de Dog ?

— Hum, hum, réplique-t-elle, d'un ton trop

énigmatique à mon goût.

— Tu sais quelque chose ? l'incité-je.

— Et toi ?

D'accord. Pas la peine de tourner autour du pot. Visiblement, Erin détient des informations. Donc, si je veux les connaître, je crois qu'il est dans mon intérêt de tout lui dire.

— J'ai aussi entendu les pensées de Nolan, lorsqu'il était sous sa forme lupine, murmuré-je sur le ton de la confidence.

L'air étonné, la sorcière bondit pour jeter un œil dans le couloir. Pour nous offrir un peu plus d'intimité, elle pousse la porte, puis revient s'installer au bord du lit.

— Ça t'ennuierait de le retirer, s'il te plaît ? J'aimerais le toucher, et procéder à une petite expérience, pour m'assurer de quelque chose. Je ne voudrais pas te raconter de bêtises.

Dogzilla, qui a cessé ses pitreries dès que la conversation a pris un autre tournant, reste assis à mes côtés, pendant que je m'exécute.

Erin regarde le papillon, avant de le gratter un peu avec son ongle. Elle fouille de nouveau dans sa sacoche, d'où elle sort une petite fiole, dont le verre fumé m'empêche de voir la couleur du contenu. Elle pose le bijou sur la table de chevet, à côté du mortier, dévisse le bouchon et tire une pipette qui renferme un liquide noir.

— C'est une potion à base de poudre de sorbier. Je vais en verser une goutte, m'explique-t-elle en s'exécutant. Et si j'ai vu juste...

Un grésillement, suivi d'un petit nuage de

fumée, s'élève du papillon.

— Hééé ! m'exclamé-je en me redressant, à l'idée qu'elle l'ait abîmé.

— Ne t'inquiète pas. Il est intact, me rassure-t-elle aussitôt, en mettant le collier autour de son cou. Aurais-tu l'amabilité de me dire quelque chose, Dogzilla ? Que je puisse confirmer ma théorie.

Le silence envahit la chambre de longues secondes, avant qu'Erin ne le rompe.

— D'accord, articule-t-elle en retirant le bijou pour me le rendre. J'en sais suffisamment. En plus, c'est bien ce que je pensais. Il ne fonctionne qu'avec toi.

— Ah bon ? Comment ça se fait ?

— Avant de te répondre, je voudrais procéder à un dernier test, si tu me le permets.

— Bien sûr ! m'exclamé-je sans même prendre le temps de la réflexion.

Elle penche brièvement la tête sur le côté, tout en levant les sourcils, avant de fouiller de nouveau dans sa sacoche. De mon côté, je remets mon pendentif autour de mon cou, pendant qu'elle exhibe un genre de petit scalpel à la lame argentée.

— Donne-moi ton index.

Un peu hésitante, désormais, je lui tends malgré tout ma main. D'un geste vif, elle tranche dans la pulpe du doigt.

— Hummm... déploré-je. Ça brûle.

— Oh...

— Quoi, oh ? demandé-je en suçant ma plaie. Ce n'est jamais bon, ce genre de réaction. Explique-moi.

Erin détourne le regard, pour poursuivre sa préparation. Je redoute ses révélations. Mon cœur se met à battre la chamade, tandis que le goût métallique de mon sang continue de se répandre sur ma langue.

— Ton pendentif, tout comme cet outil médical, fort utile pour soigner les anges, qui ont la peau plus coriace que celle des démons, est en scandium. Si l'entaille te brûle et que dans quelques minutes tu saignes encore, on avancera dans mon hypothèse. As-tu déjà entendu parler de ce métal ?

Je secoue la tête en signe de négation.

— C'est le seul métal au monde capable de tuer à la fois un ange et un démon. On ne trouve le scandium que dans des profondeurs extrêmes. C'est pour cette raison que les armes sont forgées dans les bas-fonds de l'Enfer. Même une simple blessure provoquée par une lame en scandium peut s'avérer fatale pour un démon.

— Quel rapport avec moi ?

— Je vais y venir, mais avant, je dois encore étayer ma théorie. Comment se passent tes métamorphoses ?

— Tu réponds toujours à une question par une autre question, finis-je par m'agacer.

Tout ce mystère commence à me taper sur les nerfs, qui sont déjà bien tendus.

— Je suis désolée, Eyana. J'ai vraiment besoin de détails supplémentaires avant de t'exposer mon idée.

— OK, concédé-je, en soufflant un grand coup. Bon, ben... J'ai plus de facilité à me transformer en canidé. Les autres animaux...

— Non, me stoppe-t-elle. Ce n'est pas ce que je voulais dire. Peu importe la forme que tu choisis. Est-ce que ta métamorphose est complète ?

Ouf... Sa question me percute avec une telle violence que j'ai l'impression d'avoir reçu un coup de poing dans l'estomac. Je ne m'attendais pas à autant de perspicacité.

— Heu... Eh bien, pas tout à fait, non. Mes yeux... Ils restent bleus.

— Oui, c'est bien ce que je redoutais. Est-ce que...

Je la sens hésitante.

— Tu aurais passé un pacte avec un démon, par hasard ?

— Quoi ? Jamais de la vie ! Pourquoi faire une chose pareille ? Tu crois que...

Les mots meurent dans ma gorge.

— D'où te vient l'artefact ?

Je déglutis pour prendre mon élan, avant de répondre.

— Il appartenait à ma mère. Mais... tu penses qu'elle a...

— Conclu un pacte ?

Incapable d'articuler le moindre son, je me contente d'un vague mouvement de tête.

— Il y a de fortes chances, oui.

— C'est impossible ! Qu'est-ce qui te fait dire ça, d'abord ?

— Les démons ne confient ce genre de bijou, normalement neutre et inoffensif, que lorsqu'ils doivent revenir plus tard chercher un tribut. Ils deviennent artefact en fonction de leurs porteurs, et de la qualité de leur sang. C'est-à-dire qu'ils peuvent développer des vertus plus ou moins magiques, comme celle de lire dans les pensées des canidés par exemple. Et puisque ta transformation de base, ce sont les chiens, rien d'étonnant à ce que tu amplifies un lien particulier avec eux.

Je suis sonnée. Trop d'informations indigestes en trop peu de temps. Je m'accorde quelques secondes, pendant qu'elle écrase les ingrédients dans le mortier.

— Mais pourquoi elle aurait fait ça ? finis-je par demander.

— Ah, là, par contre, ça dépasse mes compétences.

Seuls les craquements et les frottements en provenance de la mixture en préparation s'élèvent dans la chambre. Pendant ce temps, je continue de sucer mon doigt qui ne cesse de saigner.

— Est-ce que tu sais si ta mère a pu t'avoir facilement ? me lance-t-elle tout à coup.

— Non, elle ne pouvait pas avoir d'enfant. Un problème médical, je crois. D'ailleurs, c'est pour cette raison qu'elle m'appelait « son petit miracle ».

— Eh bien, voilà qui devient logique. Et ça explique pourquoi ta plaie ne cicatrise pas, tout comme pourquoi tes transformations sont partielles. Tu es le motif du pacte.

— Moi ?

Elle reprend sa besace, et fouille de nouveau à l'intérieur, tout en continuant sa tirade.

— Oui ! Comme je t'ai dit, une simple blessure avec du scandium peut être fatale pour un démon. Rassure-toi, étant donné que tu es aussi métamorphe, ton corps finirait par guérir tout seul. Mais je possède un onguent spécial, concocté par une sorcière du coven de La Nouvelle-Orléans, Pandora Duke, alors, on va en profiter. Elle l'a réalisé il y a quelques années, quand elle a voulu sauver une démone. Elle culpabilisait beaucoup de ne pas y être parvenue. Du coup, elle a travaillé d'arrache-pied pour trouver un remède. Ah ! Le voilà. Cette histoire nous a été bénéfique à tous. Depuis, nous avons conclu un pacte avec les démons pour qu'ils procurent à chaque sorcière du matériel médical capable de les soigner en cas de besoin.

J'écoute à moitié ses explications. Je suis restée bloquée au moment où elle m'annonce que je suis « aussi » métamorphe.

— Pourquoi tu me dis ça ? répliqué-je, un peu vexée. J'ai l'impression que tu sous-entends que je suis...

Elle me regarde, l'air navré.

— Nooonnn ! Pas à 100 %. Mais un accord comme celui-ci laisse forcément des traces. Qu'elles soient volontaires ou non.

Merde ! Je me sens souillée. Comment ma mère... ?

— J'imagine très bien ce que tu ressens. Mais n'oublie pas une chose très importante. Ta mère a fait tout ça pour toi, m'intime Erin en déposant une noisette de crème mauve sur le bout de mon doigt.

Tiens, masse ta plaie pendant que je termine ma préparation pour ta jambe.

Un parfum de violette et de vanille vient me chatouiller le nez.

Mais si ce qu'elle dit est vrai, comment pourrais-je en vouloir à ma mère ? Que mon sang ne soit pas pur, c'était sans doute involontaire. Elle désirait certainement un enfant, et il semblerait qu'elle était prête à tout pour m'avoir.

Le jour de l'accident me revient en mémoire, et mon cœur se ratatine sous la montagne de culpabilité qui entoure cet événement tragique.

— Et l'artefact dans tout ça ? lâché-je après plusieurs minutes de silence.

— En principe, le démon aurait dû venir le reprendre à un moment donné. J'ignore pourquoi il est resté en possession de ta famille. Je suppose qu'il est mort.

Dogzilla m'observe, comme figé par cette avalanche de bonnes nouvelles.

— Tu ne dis rien, toi ? m'étonné-je, face à son mutisme.

— *Beuh... En réalité, j'ai pas tout compris. Mais une chose est sûre, je t'aime comme tu es.*

C'est là toute la beauté des chiens. Ils nous acceptent tels que nous sommes. Gros, maigres, petits, grands, riches ou pauvres, ils s'en fichent. Ils ne jugent pas. On devrait prendre exemple sur eux bien plus souvent.

Des larmes brouillent ma vue, et je tends la main pour le caresser, pendant qu'Erin finit de me soigner.

Devon

Putain !

En chemin pour la maison d'Eyana, je ne cesse de pester dans ma tête. Avec ce déluge de mauvaises nouvelles qui s'abat sur moi depuis hier soir, la démence me guette.

Après qu'elle m'a planté comme une merde dans sa cuisine, j'ai appelé Smoke. Il m'a appris que le fameux Jesús, en plus d'être un nephilim, qui ne se prive pas pour abuser de son don de télépathie, exige que le reste du club se rende au Mexique.

Quelle poisse ! Comment on fait pour contrôler ses pensées ? Et inutile de demander à Smoke comment il y parvient. Vu la façon dont le nephilim l'a contraint à nous faire venir, il est clair qu'il ne détient pas la solution miracle. Pourtant, si Jesús découvre le rôle que j'ai été obligé de jouer pour Romero, on pourra certainement dire adieu à notre alliance avec les Guerreros. Or, sans eux, nous ne serons jamais assez nombreux pour vaincre le cartel.

Et comme si ça ne suffisait pas à mon malheur, cet enfoiré de Jesús veut aussi rencontrer Marlo. Par bonheur, le djinn est plus souple de caractère que moi. Le convaincre de nous accompagner s'est avéré plus simple que je ne l'envisageais au départ. Je l'avais mal jugé. Je le reconnais.

La merde ambiante a fait son grand retour sous mon crâne. Une excursion au fight-club devenait vitale pour réduire au silence cette culpabilité et ce mal-être qui me rongent. Je n'ai pas perdu mon temps là-bas, puisque j'ai écopé d'un bras en écharpe et d'un visage défoncé. Personne n'est censé me voir lorsque je suis aussi amoché. J'étais même prêt à retarder notre départ pour le Mexique, mais Grizzli a insisté pour me tirer de ma tanière, afin que je me rende jusque chez Eyana. Tout ce qu'il a lâché, sans doute par mégarde, c'est que la toubib arrivait. Pas besoin d'un dessin pour comprendre que ce n'est pas pour boire le thé. Me voilà donc planté devant cette foutue porte, où j'attends comme un couillon qu'elle s'ouvre par magie. La faute à Dogzilla qui indique les visites à sa patronne. Ce maudit clebs m'oblige à frapper.

Je me retrouve face à Grizzli, surpris, sans doute par ma dégaine. En entrant, derrière lui, j'aperçois Kirby. Assise dans un des fauteuils, elle garde les paupières fermées, la tête penchée en arrière. Son teint cadavérique m'inquiète encore plus que ma propre santé.

—Qu'est-ce qui t'est arrivé ? me questionne aussitôt Grizzli.

Kirby ouvre alors les yeux.

— On s'en fout ! grogné-je en me dirigeant vers elle. Rien de grave. C'est plutôt à vous qu'il faut demander ça. Comment tu te sens, Kirby ? T'as l'air vraiment pas bien ?

— Je gère, marmonne-t-elle en refermant les paupières. Mais toi, par contre, t'as une sale gueule.

— Trop aimable... Tu m'expliques ? ordonné-je à Grizzli. Où sont Eyana et Erin ?

— Dans la chambre, la doc l'examine.

— Pourquoi ? Qu'est-ce qui s'est passé ?

Mon sang ne fait qu'un tour. J'avais beau être hyper remonté contre elle il y a encore quelques secondes, je ne pense plus qu'à une seule chose, la voir.

— C'est sa jambe. Je n'ai pas fait exprès ! Mais il n'y a que comme ça que j'ai pu la sortir du fourgon.

J'entends la culpabilité dans sa voix, mais ma colère, elle, fait la sourde oreille. Mes yeux s'illuminent sans que je puisse contrôler quoi que ce soit.

— Du fourgon ? Quel fourgon ?

Grizzli, à qui il en faut plus pour être intimidé, ne recule pas d'un iota. Même s'il estime avoir sa part de responsabilité, il assume et reste droit dans ses bottes. Il m'explique en détail le piège dans lequel ils sont tombés. Parce qu'il est clair que ce rendez-vous n'était qu'un guet-apens.

La montée d'adrénaline passée, mes douleurs reprennent leur place. Je m'assieds sur le canapé en réprimant quelques grognements.

— OK. Bon, réfléchissons… bougonné-je. Est-ce que tu as déjà informé Ty ? demandé-je à Kirby.

— Non, bredouille-t-elle, en se levant. Je sais que ça ne se fait pas, mais je n'en peux plus. Je vais squatter la seconde chambre d'Eyana. Vous m'excuserez auprès d'elle, d'accord, les gars ?

— C'est bon, t'inquiète, confirme Grizzli. Vas-y.

Je la regarde s'éloigner, pendant qu'une terrible colère pointe le bout de son horrible pif. Que le cartel s'en prenne à moi, je le mérite. À mes frères, ça me gonfle, même si ça fait partie du jeu. Mais aux femmes… Non… Elles n'ont rien à voir là-dedans. Certes, Eyana nous a permis d'appuyer sur le bon bouton pour stopper les atrocités de l'entrepôt, et c'est aussi grâce à elle que j'ai pu cesser ce double jeu à la con. L'idée de Clint l'incluait. Je n'ai pas pu empêcher les gars de voter pour la mise en place du plan au parc lors de son meeting. Je lui dois énormément. Pour autant, je refuse que quiconque s'en prenne à elle. Romero va me le payer. Je n'ose même pas imaginer ce qu'il comptait lui faire subir, juste pour le plaisir de se venger.

— Et toi, tu vas me dire ce qui t'est arrivé ? Ou bien…

— Laisse tomber. Y a plus urgent à régler, là. Je dois passer un coup de téléphone, articulé-je en me relevant. Si entre temps Erin sort de la chambre, retiens-la. J'voudrais la voir.

— Tu m'étonnes, souffle-t-il, narquois.

Je me retourne pour le fusiller du regard.

— C'est bon, oublie, déclare-t-il en levant les mains. Désolé, Prez'.

Qu'il me nomme ainsi me rappelle que nous devons aussi voter pour sa réintégration. Au rythme où vont les événements, un membre de plus, en qui nous avons déjà toute confiance, avec une force colossale, je ne pense pas trop m'avancer en disant que c'est comme si c'était fait.

Dans le jardin, je tire la baie vitrée derrière moi pour gagner en intimité. L'été touche à sa fin. Les journées raccourcissent. Le soleil décline et la fraîcheur de la nuit arrive à grands pas. Pendant que les sonneries retentissent, une douce brise caresse les zones tuméfiées de mon visage. Sur son passage, la chaleur des coups, encore trop présents, s'apaise.

— Salut, Devon, me lance Smoke d'un ton surpris, à l'autre bout du fil. Je ne pensais pas que tu rappellerais avant votre arrivée. Un problème ?

Il me connaît bien, le bougre.

— Il faudrait que tu informes Jesús qu'on sera plus nombreux qu'prévu.

— C'est-à-dire ?

— Marlo tient à venir accompagné d'un de ses sbires. Quant aux femmes, elles seront aussi avec nous, ainsi que mon père. Je serai plus rassuré si tout le monde nous suit au Mexique.

Il marque un blanc si long que je jette un œil sur l'écran pour vérifier que la communication n'a pas coupé.

— Eyana sera du voyage ? finit-il par demander.

Putain, qu'il me gonfle avec son Eyana. Il la

mélange à toutes les sauces. Je ne serais pas surpris que son loup soit aussi imprégné que le mien, vu la fixette qu'il fait dessus.

— Oui, affirmé-je sans plus de détails.

De toute façon, je ne lui laisserai pas le choix, quitte à l'y traîner de force.

— Il y aura assez de place pour tout le monde ? ajouté-je. Ou il vaut mieux que l'on prévoie de louer des chambres à proximité ?

— Je vais me renseigner, mais à mon avis, ça devrait le faire. Qu'est-ce qui s'est passé pour que tu décides…

Je ne le laisse pas achever sa phrase.

— Le rendez-vous avec le sponsor était un piège. Heureusement, Grizzli a assuré. Les filles vont bien. Dis juste à Tyler de ne pas essayer d'appeler Kirby pour l'instant. Elle a besoin de dormir un peu. Envoie-moi un texto dès que tu as une réponse.

Je raccroche en même temps qu'il me rétorque un « OK » dubitatif, je crois. Mais je m'en fous. Maintenant, tout ce qui m'importe, c'est de voir Eyana.

Olivia

Assise à mon bureau, dans mon officine, je relis encore une fois la liste des ingrédients que j'ai pu déterminer, et qui ont servi à la réalisation du pendentif de Tylio. Pour une fois qu'il a bien voulu me le confier toute une journée, j'espère pouvoir reproduire le sortilège à l'identique. Même si nos vies sont liées à cause de l'incantation initiale lancée par mon ancêtre, je refuse qu'il me survive. Moi aussi, j'ai droit au bonheur et à l'éternité. J'ai tellement donné pour en arriver là, et trop perdu également... Surtout perdu...

Alors, voyons... Aconit, pierre de lune, une griffe de Tylio en lycanthrope, quelques poils de sa fourrure, le tout cimenté dans un cristal rehaussé d'une attache en scandium. Grâce à une solution à base d'extrait de rose et de larmes de licorne, le sang de démon qui imprègne la magie du bijou brille comme un phare dans la nuit. Sans ces deux derniers éléments, le sort ne durera jamais plus de quelques minutes.

En attendant que Tylio me ramène Eyana, comme il me l'a promis, je vérifie les quatre préparations tests pour créer mon propre pendentif. Seules les plantes changent, car bien manipulées, plusieurs peuvent s'avérer très toxiques pour les sorcières. J'ai donc choisi les plus puissantes. Aussi, j'ai alterné le datura, la mandragore, l'hellébore, et le ricin. Pour le reste, tout est identique. Des ongles, des cheveux, des cornalines, et bien sûr, du cristal. Il ne manque que le scandium, en quantité suffisante pour sceller les quatre pendentifs, et le sang de démon.

J'ose espérer que même si celui d'Eyana n'est pas pur, cela sera suffisant. Sinon, j'en appellerai aux compétences du docteur Molina. Le faire venir du Mexique ne sera pas aisé, mais Tylio se pliera à mes exigences, comme il l'a toujours fait. Au pire des cas, je devrai élaborer un sortilège qui lui rendra toute sa quintessence. Ce sera lent et complexe, mais pas impossible. Et surtout, ce sera plus sécuritaire que de libérer Allan.

De toute façon, tant qu'elle respirera et qu'elle m'appartiendra, je pourrai peaufiner ma magie aussi longtemps que nécessaire.

Je trépigne d'impatience. J'ai l'impression que j'attends ce moment depuis une éternité. C'est aujourd'hui que Tylio va enfin me la ramener. Oh, bien sûr, il est trop tard pour obtenir la vie dont j'avais rêvé avec elle, la faute à Holly qui n'a pas tenu sa parole. À cette pensée, un goût amer envahit ma bouche, pendant que mon cœur se serre une énième fois. Cet « accident » mortel en guise de compensation n'était pas à la hauteur de son crime. Au contraire ! Le châtiment était bien trop doux, en comparaison du sacrifice que j'ai dû accomplir, en me séparant de mon familier. Je connais la sanction qui m'est réservée, pour avoir osé trahir sa confiance en lui ôtant moi-même la vie. Les flammes de l'Enfer m'attendent avec avidité. Aussi Eyana devra finir de rembourser cette dette, qui a fait de moi une autre femme...

Une autre sorcière...

Des coups résonnent contre le panneau de bois. Je reconnais sa façon timide de frapper. Je sens que je ne vais pas aimer ce qu'il va me dire. Ma fébrilité est à son maximum. À tel point que je n'ai pas osé interroger les cartes. Je commence déjà à le regretter.

— Entre, soufflé-je, sans me retourner vers la porte.

J'ai peur de ce que je vais voir. Ou plutôt, de ce que je risque de ne pas voir. Si jamais il est seul...

— Est-ce qu'elle est avec toi ? demandé-je.

Je reconnais à peine le filet de voix qui sort de ma gorge.

— Écoute, mon Olive. Tu sais combien je déteste ne pas tenir ma parole.

Elle gronde. Elle bout à l'intérieur de moi, circule dans mes veines à la vitesse de l'éclair, jusqu'à crépiter sur ma peau. Je n'entends pas la suite de son discours. Je me lève pour laisser la magie m'envahir totalement. Une bourrasque se forme autour de moi. Elle fait claquer mes cheveux sur mon visage. Les pages des livres se tournent toutes seules. Les feuilles libres s'envolent à travers l'officine. J'imagine que je dois avoir l'air d'une folle, mais en même temps, je suis folle de rage. Je ne lui ai jamais montré l'ampleur de mes pouvoirs. Pour lui, je ne suis qu'une petite sorcière de bas étage, tout juste capable de lire les cartes et de confectionner quelques potions. Aussi, lorsque je me retourne, malgré ses yeux rouges, la peur est imprimée sur son visage. Ou bien est-ce la surprise ? Peu importe. Il est seul, et n'a pas tenu son engagement.

— Calme-toi, mon Olive, m'intime-t-il d'une voix rendue rauque par une métamorphose imminente. Je sais toujours exactement où elle est et où elle va. Ce n'est qu'une question de temps. Je te la livrerai comme convenu.

Je demeure immobile, pendant qu'il se rapproche, mains en avant. Le vent autour de nous commence à faiblir. Lorsqu'il saisit mes doigts, la brise cesse complètement.

— Est-ce qu'au moins tu as le bijou ?

— Non. Mais un de mes contacts au Mexique a retrouvé la trace d'une partie du club, grâce à une bagarre de rue. Ils sont chez les Guerreros. Vu les récents événements, ils cherchent sûrement à tisser une alliance. Comme le reste des Loups est sur le départ, je suppose qu'Eyana va les suivre là-bas. Au cas où, j'ai déjà affrété le jet, et Victoria est en train de boucler nos bagages. J'attends juste la confirmation des hommes en poste.

Une vision très nette d'un avenir probable me percute alors de plein fouet. Elle est si violente que j'en tombe presque à la renverse. Par chance, Tylio tient encore mes mains dans les siennes. Il me rattrape de justesse.

— Qu'as-tu vu, mon adorée ?
— Eyana... Eyana assassinée par le démon que j'ai... qui est...

Eyana

Comme je le redoutais, me voilà en route pour le Mexique. Entre Dogzilla qui piétine tour à tour mes cuisses et celles de Kirby, Rusty à l'avant, et les bagages dans le coffre, la citadine de Shirley s'avère étouffante. En plus, pour pouvoir suivre les quatre motos devant nous, Mama est obligée de faire hurler le moteur. On n'entend que lui. Je crois que de toute façon, nous sommes incapables de discuter, tant le choc de ce qui s'est produit cet après-midi reste présent dans nos têtes.

Malgré ses contusions, le Président a tenu à partir ce soir. Heureusement que Clint a ramené Erin dans le groupe. Je me demande comment ils faisaient avant, sans elle ? Non, parce qu'à ce rythme, elle va tous nous rafistoler les uns après les autres à un moment donné.

Je n'ai émis aucun commentaire, lorsque Devon m'a dit que nous devions les suivre, toutes les trois.

En définitive, ça m'arrange. Car si je veux connaître le fin mot de toute cette histoire, il est clair que je dois rester avec le club.

Pour l'instant.

Pendant qu'Erin finissait de me soigner, j'ai repensé au jour du meeting. Plus particulièrement, au moment où j'ai ressenti cette piqûre dans le bras. Même s'il n'y avait aucune trace de blessure, j'avais bien une traînée rougeâtre au creux de ma main. L'odeur ferreuse est trop spécifique pour la confondre avec autre chose. C'est trop gros pour être une simple coïncidence. Ce garde du corps avait probablement pour mission de prélever un échantillon sur ma personne. Pourquoi ? Et aussi, comment Romero pouvait-il savoir que mon sang n'était pas pur ? Parce que je suppose qu'il n'a pas agi ainsi au hasard, il se doutait forcément de quelque chose. D'ailleurs, c'est sûrement pour cette raison qu'il a essayé de me kidnapper. Mais pour quoi faire ? Et quel est le lien avec mon pendentif ? D'autant que là encore, une autre question se pose. Comment a-t-il eu connaissance de l'artefact ? Se peut-il qu'une taupe se cache au sein du M.C. ? Sinon, je ne vois pas.

Mais cette supposition ne répond qu'à une infime partie des interrogations qui m'obsèdent.

Erin m'a recommandé d'informer les Loups que je peux capter leurs pensées lorsqu'ils sont transformés. Judicieux conseil bien sûr ! Aussi je compte bien leur dire dès que j'en aurai l'occasion. En même temps, s'il y a un espion dans nos rangs, ne vaut-il mieux pas que j'attende ?

Mes spéculations s'affolent. J'ai l'impression de perdre pied. À ce rythme, je vais devenir complètement folle. J'ai besoin de parler à quelqu'un, de relâcher la pression. Nolan... J'aimerais tellement...

La sonnerie de mon portable, bien calé dans la poche arrière de mon pantalon, explose dans l'habitacle.

— Dog, pousse-toi ! lui ordonné-je en l'entraînant un peu vers Kirby.

— Patronne indigne, me charrie-t-elle. Allez ! Viens, mon beau.

— *Elle a raison*, confirme Dogzilla en s'installant sur ses cuisses.

— C'est ça ! Vous me ferez un procès plus tard, tous les deux.

Je me contorsionne pour extirper l'appareil. Le nom de Nolan scintille sur l'écran. Mon cœur exécute une série de sauts périlleux, avant d'entamer une danse de la joie. Je sens mes lèvres s'étirer. L'index en suspens au-dessus du bouton vert, je jette un œil rapide autour de moi, et mon sourire retombe comme un soufflet.

Zéro intimité.

— Tu ne réponds pas ? s'étonne Kirby.

— Oui ! Ne t'inquiète pas pour nous, me confirme le doyen.

Dépitée, je regarde les mots « appel manqué » s'éteindre, avec une folle envie de demander à Mama de s'arrêter pour que je puisse le rappeler.

Ce ne serait pas raisonnable. Par contre, je peux lui envoyer un message.

>Désolée, suis en voiture avec Kirby, Rusty et Mama. Je te contacte dès que l'on fait une pause.

Le téléphone au bout des doigts, je le passe en mode vibreur, tout en attendant avec impatience une réponse de sa part. Si par ce geste, je voulais un peu de discrétion, c'est raté. Mes yeux croisent ceux de Kirby, qui sourit à pleines dents.

— C'était Nolan ? me demande-t-elle en articulant suffisamment pour que je puisse lire sur ses lèvres, sans pour autant qu'un son ne sorte de sa bouche.

Elle est terrible. Pire qu'une adolescente attardée ! Mais sa joie de vivre est un vrai rayon de soleil. Un arc-en-ciel en plein hiver. Par conséquent, et pour toute réponse, je lui adresse ma plus belle grimace. En clair, je lui tire la langue en plissant le nez. Au fil des semaines, j'ai tissé une profonde amitié avec elle, et j'avoue que lorsque je m'en irai, ce sera un crève-cœur de la laisser derrière moi. En fait, tous à leur façon, j'ai appris à les apprécier. Contre toute attente, même Devon fait partie du lot, maintenant.

Mais plus on s'attache aux gens, plus on leur offre l'occasion de nous faire souffrir. Je ne suis pas sûre d'être assez forte pour supporter d'autres déceptions.

Mon portable vibre au creux de ma main, pour m'indiquer l'arrivée d'un texto.

>OK.

Je contemple les deux malheureuses petites lettres, partagée entre la joie et l'appréhension, lorsque je réalise que j'ignore précisément la raison pour laquelle le club avait besoin d'une nouvelle alliance. Quand j'ai demandé à Nolan pourquoi il allait au Mexique, il est resté très vague. Étant donné que je suis dans la ligne de mire de Romero, j'estime avoir droit à des explications. Des vraies, pas une phrase bateau.

— Rusty ? Pour quel motif Nolan et Tyler se sont-ils rendus au Mexique, exactement ?

Mama me lance un de ses fameux regards indéchiffrables à travers le rétroviseur.

— Ça, ce sont des affaires qui ne concernent que le club, Eyana, me répond Rusty.

— Pourtant, le club a su venir me trouver pour mettre le feu aux poudres au cours du meeting. Et là, il est clair que Romero en avait après moi. Alors, je pense avoir le droit de connaître tous les tenants et les aboutissants de cette histoire. Et comme Kirby et Mama sont embarquées dans la même galère que moi, nous avons toutes les trois le droit de savoir, il me semble.

— C'est vrai, Rusty, confirme Kirby. Je te rappelle que j'étais présente quand Eyana a failli se faire kidnapper. Je n'ai pas été blessée, mais ça aurait pu. Et je suis encore là, dans cette voiture.

Je ne distingue pas son visage, étant donné qu'il est assis devant moi. Je vois juste qu'il échange un regard avec Mama. J'ose espérer qu'elle va nous appuyer. Sa voix compte bien plus que les nôtres.

— Elles ont raison, tu sais. On est embarquées

dans cette galère au même titre que n'importe quel membre du club. On mérite d'obtenir quelques explications.

Le doyen grogne ou bougonne des mots et des sons inarticulés.

— Ce n'est pas à moi de prendre cette décision, finit-il par annoncer. Tu n'as qu'à lancer le signal à Devon. Vous verrez avec lui.

Shirley actionne les appels de phares. En réponse, le Président des Loups du Crépuscule lève haut son bras pour confirmer qu'il a compris la requête.

Quelques kilomètres plus loin, nous nous arrêtons sur une petite aire de repos. À part des commodités et un poids lourd dont le chauffeur a tiré les rideaux, nous sommes seuls. Dogzilla s'élance aussitôt pour arroser quelques buissons, pendant que l'on se réunit, à proximité de la voiture. Shirley sort un gros thermos de la malle, avec des gobelets en carton.

— Tu nous as demandé de nous arrêter pour boire du café ? ronchonne Devon.

— J'avoue qu'une pause caféinée, objecte mon frère, perso, je n'ai rien contre. Pas vrai, les gars ?

Grizzli hoche la tête, tandis que Clint reste stoïque. Il a juste l'air d'attendre. Comme s'il sentait déjà le vent tourner.

— En fait, précise Rusty, c'est moi qui ai invité Mama à te faire des appels de phares.

— Et j'peux savoir pourquoi ?

Le doyen me lance un regard.

— D'accord, soufflé-je en m'avançant vers

Devon. Nous exigeons des réponses, et nous les voulons maintenant. Pourquoi avons-nous dû mettre nos vies entre parenthèses pour vous suivre au Mexique ?

Il m'observe comme si ce que je venais de dire n'avait aucun sens.

— J'comprends pas. Je pensais pourtant avoir été clair.

— Ben, réexplique-le-moi, pour voir.

Je le sens bouillir. Un éclair jaune traverse ses pupilles noires, mais il se contient. Je présume que je dois cette prouesse à nos quelques heures passées ensemble, sans quoi, il m'aurait sûrement explosé au visage.

— Comme Romero s'en est pris à vous aujourd'hui, lâche-t-il entre ses dents, et que Jesús, le chef des Guerreros exige de nous rencontrer pour sceller notre nouvelle alliance, vous êtes ici pour éviter que le cartel tente de nouveau quelque chose contre vous. Je vois pas c'qu'il y a de compliqué.

— Voilà ! C'est pour ça qu'il y a un couac justement ! C'est que là où toi, tu as l'impression que tout est fluide, nous, on devine que vous nous cachez des infos. On veut savoir exactement en quoi cette alliance est importante pour le club ! Surtout si vous revenez à des affaires légales. Et vu le nom de ce... club ? Oui, je suppose que ce sont également des bikers. Enfin, nous aurons la surprise une fois sur place. Mais, de toute façon, quand on porte un nom aussi charmant et accueillant que les Guerreros, je doute que cette coalition comporte quoi que ce soit de vraiment légal. Donc, je renouvelle ma question, pourquoi devons-nous aller avec vous au Mexique ? Je vais même développer un peu plus. En quoi le cartel est-il impliqué ?

Après de longues minutes de négociations et d'acharnement, le tout saupoudré d'un peu d'énervement, nous voilà de nouveau dans la voiture, où seul le moteur braille à pleins poumons. Pourtant, Mama, Kirby et moi, aurions aussi très envie de hurler notre rage, car nous étions loin de nous douter à quel point le club était embringué avec le cartel. La *Cactus* ! Cette merde qui a failli coûter la vie de mon frère. Comment ont-ils pu cautionner cette cochonnerie ?

Je suis presque contente de savoir que Nolan se trouvait en prison, au moment où le club s'est associé à Romero.

Oh !

Nolan !

J'ai oublié d'appeler Nolan !

Nolan

Accoudé au comptoir, j'ai choisi une place stratégique : juste en face du portail. Il est presque 4 h du matin. Ils ne devraient plus tarder.

Je suppose qu'Eyana n'a pas eu l'occasion de me téléphoner. Je sais que je ne devrais pas attendre, mais c'est plus fort que moi. Je me suis couché, et après avoir contemplé le plafond pendant deux longues heures, exécuté un nombre incalculable de roulades dans mes draps, j'ai décidé que je serais mieux au bar.

— Je te sers un autre verre de whisky ? me demande une jolie nana à la peau chocolat.

J'hésite, quand enfin, j'aperçois de l'animation à l'extérieur.

— Non, merci ! m'exclamé-je en bondissant de mon tabouret.

Les bruits, reconnaissables entre mille, des moteurs de Harley me parviennent. Taka, toujours fidèle au poste, me fait signe de m'approcher. Il pousse le portail, se glisse dans l'interstice, où je le suis.

— Vous avez fait bonne route ? demandé-je en saisissant la main de mon Président, avant de lui donner une tape dans le dos.

— Éprouvante, surtout de nuit. Bien content d'être enfin arrivé.

— Tu m'étonnes ! Devon, je te présente Taka, le bras droit de Jesús.

Ils échangent un hochement de tête, puis Taka jette un œil sur l'ensemble des nouveaux venus, avant de rebrousser chemin vers nous.

— Je croyais qu'il devait y avoir un djinn avec vous ?

— Il avait quelques affaires à régler avant, rétorque Devon. Il sera là dans l'après-midi.

— Hum... Vous trouverez un abri sur le côté droit où vous pourrez garer vos bécanes, explique notre hôte en finissant d'ouvrir le portail. La voiture pourra se mettre à côté.

J'observe les véhicules entrer, lorsque Taka se poste à côté de moi.

— Je t'avertis. Eux, je ne les connais pas. Donc, si quoi que ce soit foire, pour moi, tu en seras tenu pour seul et unique responsable.

— Je comprends, affirmé-je.

J'ignore ce qui pourrait m'arriver si jamais les choses tournaient mal, mais dans l'immédiat, je m'en fiche. Mes yeux sont fixés sur la petite citadine verte de Mama. Dogzilla descend en trombe, suivi d'Eyana. Son regard intercepte le mien, et je réalise qu'il n'y a plus qu'elle qui compte pour moi. Rectification, pour moi et mon loup. Lui aussi est différent lorsqu'elle se trouve à proximité. Je le sens à la fois apaisé et gonflé à bloc d'une énergie nouvelle. Cela me surprend, une fois encore, car jusqu'à son arrivée dans ma vie, j'avais souvent l'impression qu'il était en sommeil, presque inexistant. Aujourd'hui, il guide mes émotions et mes actes.

— Je vous montre vos chambres, lance Taka. Après, vous pourrez vous déplacer dans l'enceinte comme si c'était chez vous. Nous n'avons rien à cacher.

— Je promène un peu le chien et je vous rejoins, déclare-t-elle tout haut.

Je l'examine avec attention. Je sens le poids de ses billes bleues sur moi, même si elle fait mine de rien. Nous attendons que le groupe s'éloigne, sous le regard amusé de Kirby qui n'en rate pas une miette. Je lui dirais bien d'aller retrouver sa marmotte de biker, alias son cher Tyler, mais mes lèvres restent scellées.

Enfin, Eyana s'avance dans ma direction en claudiquant légèrement. Encore ! Pourquoi n'est-elle pas guérie ? Inquiet, je comble la distance qui nous sépare.

— Je suis désolée, souffle-t-elle. Je n'aurais pas dû me mettre en colère. Tu m'as offert un cadeau somptueux, tu as toujours été là pour moi, depuis le début, et...

Je ne lui laisse pas le temps d'achever sa phrase. Je me fiche de ce qu'elle a à dire. Les yeux braqués sur ses lèvres, je saisis sa nuque d'une main ferme, pour m'emparer de sa bouche. Je n'en peux plus d'attendre. Mon loup hurle à la mort, comme s'il était enfin comblé. Un son guttural s'élève aussi de ma gorge, au moment où les mains d'Eyana glissent sous mon blouson. Elle émet un gémissement de plaisir qui se perd au milieu de nos battements de cœur qui se synchronisent, une fois encore.

Lorsque je relâche mon emprise, nous nous dévisageons quelques secondes, en souriant.

— Si je comprends bien, tu n'es pas fâché ? me demande-t-elle, taquine.

Les mots restent bloqués dans ma gorge, tellement je suis heureux. Je me sens complet. Comme si toutes ces années, il m'avait manqué quelque chose d'essentiel. Comme si toutes ces années, j'avais vécu en apnée, et que désormais, je pouvais respirer librement. Alors, je la serre juste dans mes bras, en humant son parfum de fleurs si singulier.

— Aaaahhh… Ce que c'est beau quand deux vieilles âmes se retrouvent, s'émerveille une voix grave à proximité. C'est la seconde fois que j'ai la chance d'assister à un tel spectacle, et c'est particulièrement enivrant. Vous dégagez une aura si intense tous les deux, qu'elle se répand sur tout le domaine.

Surpris, nous nous éloignons l'un de l'autre, sans pour autant rompre le contact, puisque ma main trouve rapidement la sienne. Nous dévisageons tour à tour le sorcier qui nous fait face. Tiré à quatre épingles dans un costume trois pièces de couleur sombre, avec sa canne et ses cheveux gominés, il ne semble pas à sa place dans ce tableau anarchique.

— Je suis désolé, poursuit-il. Je n'aurais pas dû interrompre un moment aussi intime. Je m'en vais.

— Attendez ! nous exclamons-nous en même temps. Qu'est-ce que vous...

Je regarde Eyana, qui, visiblement, espère que j'achève la question qui nous brûle les lèvres à tous les deux.

— Qu'entendez-vous par deux vieilles âmes qui se retrouvent ?

— Finalement, on dirait que j'ai bien fait de sortir, ce soir. Je vais au moins pouvoir me rendre utile pour vous deux, à défaut d'avoir pu remplir mon objectif précédent. Vous connaissez le concept des âmes sœurs, n'est-ce pas ?

Je lève un sourcil, tandis qu'Eyana pince les lèvres.

— D'accord, je vois, poursuit notre interlocuteur. Chez nous, les surnaturels, les âmes sœurs se sont choisies il y a des centaines d'années. Et lorsqu'elles se réincarnent, elles passent parfois toute leur vie à chercher leur âme sœur initiale. Oh, bien sûr, elles sont tellement désespérées, qu'il leur arrive de se tromper. Elles pensent en trouver une, et très souvent, ce nouveau couple fonctionne à merveille. Mais l'alchimie qui se dégage de deux véritables âmes sœurs, celles qui se complètent et qui s'aiment depuis très très longtemps, n'a rien de comparable. Vous avez forcément ressenti quelque chose d'étrange dès votre première rencontre. Comme si un lien indéfectible entre vous s'était tissé, avec la sensation de déjà tout connaître de l'autre, alors que vous aviez tout à apprendre. Et vos cœurs ? Ne chantent-ils pas la même mélodie ?

Je plonge dans ses prunelles bleues qui me fixent avec l'irrésistible envie de m'y noyer, tout en me disant que ce qu'il nous raconte est complètement fou.

— Je crois que vous en savez suffisamment sur vous-même à présent. Je vous souhaite d'être heureux tous les deux, au moins aussi heureux que je l'ai été avec ma Valentina.

Une profonde tristesse entache les derniers mots du sorcier. Je le regarde s'éloigner, avant de siffler Dogzilla, et d'entraîner Eyana vers ma chambre. Nous aurons tout le temps de vérifier sa théorie à partir de demain. En attendant, elle m'appartient.

Eyana

Les yeux encore fermés, je savoure la chaleur du corps nu de Nolan pressé contre mon dos. Bon, je profite aussi de celle de Dogzilla qui n'a pas trouvé meilleure place qu'au creux de mon ventre. En clair, impossible de bouger sans les réveiller tous les deux. Heureusement que je n'en ai pas l'intention.

Je repense à mon arrivée, cette nuit. Jamais je n'aurais imaginé que les choses se dérouleraient ainsi entre Nolan et moi. Car même si consciemment je ne le souhaitais pas, au fond, j'en crevais d'envie.

Je sens son cœur qui bat, à travers tout mon être. Son tempo est régulier, toujours en rythme avec le mien, et ce depuis que nous nous sommes trouvés. Ou retrouvés, si j'en crois les paroles du vieux sorcier.

Je découvre tellement de choses sur moi-même,

et sur le monde qui m'entoure depuis que j'évolue au sein du club, que cela me donne le tournis.

Cette pensée me renvoie à la dernière conversation que j'ai eue avec Erin. Un sentiment de panique se répand dans mes veines. Ma respiration devient plus courte, et mes pulsations s'entrechoquent alors avec celles de Nolan pour les obliger à se calquer aux miennes. J'essaie de reprendre le contrôle de mon corps, quand Dogzilla se réveille le premier, suivi, à quelques secondes près, de Nolan.

— Ça ne va pas ? s'inquiète-t-il aussitôt, en se redressant sur un coude. C'est ton cauchemar ?

Je me positionne sur le dos pour lui faire face, et j'inspire un grand coup avant de lui répondre.

— Non. Il ne vient pas me hanter lorsque tu es près de moi.

Il sourit, sans doute flatté et heureux de l'effet apaisant qu'il me transmet. Puis, son rictus s'efface. Ses sourcils se froncent.

— Qu'y a-t-il alors ?

Voilà, nous y sommes. Je ne peux plus reculer. Je ne dois pas flancher. Il a toujours été en droit de tout savoir, et après cette nuit, c'est encore plus vrai.

Seulement, une boule d'angoisse se pétrifie dans ma gorge. Elle paralyse mes mots. Tétanisée, des théories, toutes plus sombres les unes que les autres, pullulent dans mon esprit. Elles gangrènent d'abord mon cerveau, avant de s'emparer de mon corps tout entier. S'il m'en voulait de ne pas lui avoir dit tout de suite que j'entendais ses pensées. Ou pire, s'il décidait que ma nature, que mon sang souillé par un démon, était un problème.

Maintenant que nous nous sommes trouvés...

Cette symbiose...

Comment est-ce que j'ai pu lutter contre pendant tout ce temps ? Il fait partie de moi. Si je le perds maintenant, je serai anéantie.

Rien que l'idée m'étouffe. Le nœud qui se forme dans mon ventre engendre un trou béant et douloureux dans ma poitrine, qui me donne envie de mourir pour que la souffrance s'arrête. Des larmes brouillent ma vue.

— Eh ! déplore-t-il. Ben... Pourquoi tu pleures ? Viens là.

Il me serre dans ses bras, tout en déposant quelques baisers sur mes cheveux. Son contact et son affection me tranquillisent. Je dois vraiment lui parler.

— Il faut que je te dise certaines choses. L'une d'elles, je l'ai découverte la veille de ton départ. Quant à l'autre, c'est Erin qui me l'a dévoilée.

— D'accord. Je t'écoute.

Pas une seule fois durant mes explications, le cœur de Nolan ne s'est emballé. Il est resté calme tout du long. Comme si ce que je lui racontais n'avait aucune emprise sur lui. Et maintenant que je lui ai confié tout ce que j'avais sur la conscience, avec ses prunelles charbonneuses fixées sur mon visage, je me demande si c'était vraiment une bonne chose. Il va exploser telle une bombe à retardement.

Puis, ses lèvres s'étirent, et je recouvre un semblant de respiration. Je n'avais pas réalisé que je retenais mon souffle. Je retrouve son sourire de sale gosse avec ses deux fossettes, celui qui me fait tant craquer.

— Laisse-moi deviner. Tu as cru que j'allais m'enfuir en courant en apprenant tout ça ? Exact ?

— N'importe qui prendrait la poudre d'escampette.

— N'importe qui, ce n'est pas moi.

Il m'enrobe d'un regard gourmand, avant de se jeter sur moi pour m'embrasser avec passion.

— *OK. Bon ! Sur ces belles paroles, si l'un de vous daignait m'ouvrir la porte. J'aimerais bien aller pisser, moi.*

Je pouffe de rire, incapable de rendre son baiser fougueux à l'élu de mon cœur.

— Attends, soufflé-je en reprenant mon souffle. Je suis en train de me faire engueuler. Désolée, Dog, j'arrive.

— Oh... T'es pas cool, mon pote.

— *Besoin urgent, mec ! Ça s'discute pas.*

Je crois que la façon de s'exprimer de mon entourage déteint sur mon chien. C'est très étrange. Heureusement, je ne suis plus à une bizarrerie près.

Par chance, la chambre de Nolan se trouve à proximité d'une sortie. Je tire sur le drap pour m'enrouler dedans, avant d'ouvrir à mon compagnon canin.

— Je te laisse te débrouiller pour une fois ? m'assuré-je en le regardant s'éloigner.

— *Ouais, ouais ! Je gère. Profite de ton amoureux.*

Mon amoureux... Il est trop drôle ce chien !

À mon retour, je reviens m'asseoir en tailleur, sur le lit, en songeant à tout ce que je viens de dévoiler à Nolan.

— Je ne veux plus être sur la touche, affirmé-je en le regardant droit dans les yeux. Quoi que vous fassiez désormais, j'aimerais y participer. Romero en a aussi après moi, et il est évident qu'il sait quelque chose à propos de mon sang ou de mon pendentif. Ou même peut-être des deux. Si je pouvais l'approcher... Peut-être que je pourrais obtenir des réponses. En fait, je dois obtenir des réponses. Tu comprends ?

Il hoche la tête.

— Bien sûr que je comprends. Je vais en parler avec Devon. Mais avant, laisse-moi encore profiter un peu de toi.

Il sourit, et je fonds, en m'abandonnant corps et âme sous ses assauts de tendresse.

Devon

Je me réveille avec la bouche comme un vieux cendrier tout pourri. En contrepartie, les quelques douleurs qui me restaient ont disparu. Encore une fois, merci Erin et ses potions diablement efficaces.

Après avoir bu au moins deux litres d'eau tout en prenant ma douche et en me lavant les dents, je sors de ma chambre, prêt à affronter cette nouvelle journée. La rencontre avec Jesús s'annonce délicate. Heureusement, je pense avoir une solution pour rester focus, afin d'éviter qu'il ne découvre certaines choses qui méritent de moisir dans l'ombre.

Eyana.

Elle m'a obsédé toute la nuit. Enfin nuit, matinée plutôt, vu qu'il n'est pas loin de 14 h.

Peu importe ! L'essentiel est que je la trouve. Je n'ai qu'une envie, lui parler en tête à tête. Je comprends son besoin de tout savoir sur les actions du club. Romero a tout de même tenté de la kidnapper. À sa place, je me montrerais encore plus vindicatif. Je dois le lui dire. Ce sera peut-être l'occasion de me rapprocher à nouveau d'elle. J'ai vu comment Smoke fixait la voiture à notre arrivée.

Mon loup la veut. Et maintenant que j'ai découvert d'autres facettes de sa personnalité, l'homme aussi la désire. Avec elle, le monstre s'apaise.

Au détour d'un couloir, qui me ramène vers la partie principale du QG des Guerreros, des voix me parviennent. Bien qu'il chuchote, je reconnais sans mal le timbre rauque de Smoke. Je me penche à l'angle du mur, pour observer la scène.

— Reste ici. Je vais chercher ton sac dans la voiture, et prendre deux cafés au passage. Je reviens vite.

— Sois discret, surtout !

En entendant ces trois mots, mes yeux s'illuminent aussitôt. Tous crocs dehors, je sens mes griffes pousser, pendant que de longs poils noirs recouvrent ma peau. Mon loup hurle de douleur. À l'instar du monstre, il ne pense plus qu'à une seule chose : déchiqueter Smoke en mille morceaux.

Malgré tout, hors de question de montrer un tel état de faiblesse. Son tour viendra. Alors, dans un effort titanesque, je reviens sur mes pas en grognant, pour m'enfermer dans ma chambre. Au moins le temps de recouvrer mon calme.

— Devon ! hurle Clint. Si tu n'ouvres pas cette porte dans les dix secondes, je t'avertis, je la défonce.

Les yeux encore flamboyants, je regarde autour de moi. Le matelas éventré gît au milieu des draps et des couvertures en confettis. Les rideaux en lambeaux. Les meubles retournés. Même les murs sont zébrés de profondes griffures.

— J'arrive, grogné-je tant bien que mal, étant donné que je ne parviens pas à reprendre totalement forme humaine.

— Ça va ? Qu'est-ce…

Mon Vice-Président et meilleur ami me regarde, l'air dépité, avant de me pousser à l'intérieur pour refermer derrière lui.

— Qu'est-ce qu'il s'est passé ?

D'y repenser, je grogne tout en haletant à la manière d'un taureau dans une arène. J'ignore comment exorciser cette rage qui me renvoie vers de vieux souvenirs que je croyais enfouis et digérés depuis longtemps. Le rejet, même si Eyana ne m'a jamais fait miroiter de faux espoirs, me donne l'impression d'être une grosse merde. Je déteste ce sentiment. Je me l'inflige suffisamment depuis que j'ai été élu Président. Inutile d'en rajouter une couche. D'autant que pour le coup, Clint ignore tout. S'il l'apprenait, il voterait pour ma destitution, voire mon exclusion.

Et sans le club, je n'ai plus de raison de vivre.

— Calme-toi, m'intime-t-il. Je ne sais pas pourquoi tu t'es mis dans un tel état, mais tu vas devoir te ressaisir. Marlo vient d'arriver, et Jesús tient à organiser une réunion le plus rapidement possible. Il veut que tout soit prêt pour se rendre au labo dès ce soir.

Putain ! Moi qui me sentais gonflé à bloc pour affronter cette journée, quelques secondes ont suffi à me déstabiliser. Coup de bol, les infos fournies par mon V.-P. agissent tel un électrochoc, me forçant à rétracter complètement mes crocs et mes griffes. Mes yeux aussi reprennent leur couleur habituelle.

— S'y rendre en repérage, ou pour attaquer direct ? demandé-je en cherchant mon jean au travers du joyeux bordel que j'ai causé.

— De la façon dont les choses sont amenées, la seconde option me semble plus pertinente.

— Cet enfoiré de nephilim nous cache des informations. Il ne nous a pas tout dit.

— C'est évident.

Je récupère aussi un tee-shirt, différent de celui que je portais au départ, et c'est tant mieux. C'est un cadeau de Raven. Pourquoi est-ce que je me complique toujours la vie ? En rentrant à Albuquerque, j'en ferai ma régulière, c'est décidé. Elle me fera un ou deux louveteaux, et si de temps en temps, j'ai envie d'aller voir ailleurs, je n'aurai qu'à être discret. Après tout, ce n'est pas comme si je n'en avais pas l'habitude.

— C'est bon ! J'suis prêt.

— Heu... Tu es sûr ? Tu ne veux pas te filer un petit coup de peigne, avant ? Et puis, j'aimerais quand même bien savoir ce qui t'a mis dans un état pareil.

— Laisse tomber, rétorqué-je en passant les mains dans mes cheveux pour les discipliner un peu.

— OK, approuve-t-il en me suivant dans le couloir. Ils t'attendent dans le bar. Tiens ! C'est drôle. Ils appellent leur salle de réunion l'église. Il manquerait plus qu'il y ait des vitraux et un autel. Avec leur nephilim prénommé Jesús, le tableau serait complet.

Clint se marre à cette idée. Un rien l'amuse. Pour ma part, je ne suis pas en état de rire. Je dois me concentrer sur la mission qui nous attend.

— Tous les autres membres du club y sont déjà ?

— Non, Prez'. Il manque notre petit couple d'amoureux, ainsi que ton père.

En entendant « petit couple d'amoureux », mon sang se met aussitôt à bouillir dans mes veines. Mes yeux reprennent une teinte jaune vif. Alors, ils sont tous au courant. Je suis le seul dindon de la farce !

— Couple d'amoureux ? grogné-je.

— Eh ! Du calme, mec ! Qu'est-ce qui t'arrive, putain ? Je parle de Kirby et Ty.

Quel con ! Évidemment... Je m'apaise aussitôt.

— Tu ne veux toujours rien me dire ? s'inquiète-t-il.

— Va juste les chercher. Puisqu'on a décidé d'inclure les femmes dans toute cette merde, qu'on en finisse au plus vite. J'ai hâte de rentrer chez nous.

Il hoche la tête, peu convaincu. Seulement, la force de l'habitude sans doute, il ferme sa gueule et je lui en suis reconnaissant.

À mon arrivée au bar, je retrouve la jolie petite brune qui m'avait fait les yeux doux, juste avant que j'aille me coucher. Je n'étais pas en état de répondre à ses avances, mais si à notre retour du labo tout s'est déroulé comme prévu, les choses entre elle et moi se passeront de façon bien différente.

— Bonjour, Mister Président ! me lance-t-elle, en me tendant un mug de café encore fumant. Vous êtes très attendu, vous savez ?

J'ignore si elle fait allusion à Jesús ou à elle, vu la manière dont elle me désape du regard, mais l'ambiguïté a le mérite de me détendre un peu. À tel point que je sens même mes lèvres s'étirer légèrement.

— J'peux entrer avec ? demandé-je en levant la tasse.

— Vous pouvez vous introduire partout où vous le désirez, Mister Président.

OK. Cette fois, je souris carrément en poussant les portes de l'église. Le lieu ne me surprend guère. Je crois que la boutade évoquée plus tôt par mon meilleur pote m'avait préparé au spectacle. Par contre, lorsque j'aperçois Smoke assis aux côtés d'Eyana, mon sourire s'efface en un quart de seconde.

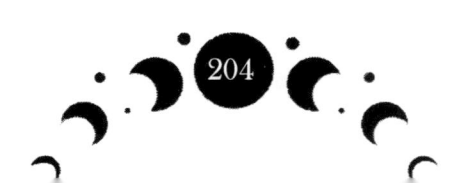

— *Ne pète pas les plombs maintenant !* songé-je.

Quand j'étais enfant, ma mère se répétait souvent un mantra pour conserver son calme. Je ne trouverai sans doute pas de moment plus opportun pour en tester l'efficacité. D'autant que Jesús me fait signe d'avancer jusqu'à l'estrade, donc je vais les avoir en plein dans le viseur. Parfait !

— *Je reste cool, et je fais le prochain pas en avant. Je reste cool, et je fais le prochain pas en avant. Je reste cool, et je fais le prochain pas en avant.*

Je ferais mieux de marcher les yeux fermés, ce serait sans doute plus efficace. Tant bien que mal, je rejoins Marlo, accompagné de son bras droit, Glenn. Eux aussi me cachent des choses. Je sais qu'ils en veulent à Romero, mais j'ignore toujours pourquoi. Nous échangeons des hochements de tête en guise de salutations. Quant à Jesús, lui, il me tend la main. Est-ce qu'il a besoin d'un contact physique pour lire dans mon esprit ? Dans le doute, je me concentre rapidement sur la petite brune du bar.

— Bonjour, Devon. Et non, je n'ai pas besoin de contact physique, me répond-il le plus tranquillement du monde. Mais rassure-toi, il est rare que je ne puisse pas décrypter les pensées de mes interlocuteurs. Seulement dans ton cas, elles sont comme... parasitées. Masquées par des sentiments refoulés et une profonde colère.

— Comment savais-tu alors, au sujet du contact physique ?

— Parce que celle-ci a surplombé toutes les autres l'espace d'un instant. Cela m'a suffi pour la capter.

— Hum, grogné-je, peu convaincu par son discours.

Clint franchit à son tour la porte, accompagné de mon père, et de notre emblématique petit couple d'amoureux.

— Bien, s'enthousiasme le nephilim. Comme tout le monde est là, nous allons pouvoir commencer. Je tenais à vous rassembler pour organiser l'attaque du fameux laboratoire.

— Pourquoi fameux ? m'étonné-je.

— Maintenant que nous sommes tous réunis, il est grand temps de tout vous expliquer. Vous l'avez déjà sans doute compris, nous savons exactement comment nous y rendre, et aussi, ce que nous allons y trouver. Cela fait quelques nuits que nous suivons les tours de garde, ainsi que les allers-retours de la zone suspecte. Nous allions passer à l'attaque, lorsque Taka m'a dit que vous souhaitiez former une alliance. J'ai donc décidé de retarder l'assaut, afin de maximiser nos chances de réussite. Mes Guerreros sont nombreux, mais comme vous avez pu le constater, beaucoup d'entre eux ne sont malheureusement plus en âge de livrer bataille. Devon, les membres de ton club sont puissants, certains possèdent même des dons particuliers qui s'avéreront très utiles sur le terrain. De plus, lorsque j'ai vu les pensées de ton émissaire, j'ai su que j'avais pris la bonne décision.

Je m'interroge sur la teneur des informations qu'il a pu capter dans le cerveau de Smoke. Pourvu que ce ne soit pas... Mais je ne devrais pas y songer ! Trop tard !

Je reporte mon attention sur Jesús qui n'a pas l'air d'avoir remarqué quoi que ce soit. Il lance un regard en direction de Marlo.

— Marlo, je crois deviner qu'au-delà d'un simple accord avec nous pour étendre ton territoire en vendant notre produit, toi aussi, tu as de sérieux griefs contre le cartel.

La surprise de cette annonce s'incruste quelques secondes sur les traits du djinn, qui finalement nous rejoint autour de l'autel. Il est clair que d'être au contact d'un être capable de lire dans vos pensées, c'est assez déstabilisant.

— En effet, confirme Marlo. Tu te souviens, lorsque nous avons attaqué le fourgon pour voler la *Cactus*, je t'ai dit que si tu connaissais nos motivations, tu comprendrais. Nous savions que Romero retenait prisonnier un djinn originel. En fait, il s'agit de mon père. Seulement, j'ignorais où il était précisément. Quand tu m'as appelé et que tu as évoqué les disparitions de vampires ainsi que le laboratoire, j'y ai vu un espoir de le retrouver. C'est pour cette raison que nous sommes là, Glenn et moi. Je n'ai pas pu venir avec plus de renforts, mais vous pouvez compter sur nous deux.

— Et j'en suis ravi, s'enthousiasme Jesús. Devon ? En est-il de même pour les Loups du Crépuscule ? Avons-nous votre appui ?

Je me tourne vers mes frères, qui acquiescent tous un par un. Puis, je fixe Eyana durant quelques secondes, avant de répondre.

— Oui. Cependant, j'ai une requête à formuler.

— Nous t'écoutons.

— Je sais que dans vos rangs, vous acceptez les femmes, et je respecte votre choix. De mon côté, j'exige que les nôtres restent ici, en sécurité.

— Je ne suis pas d'accord ! s'exclame aussitôt Eyana en bondissant sur ses pieds. J'ai tout autant le droit de participer, au même titre que n'importe quel membre, si ce n'est plus.

— Et je soutiens sa requête, confirme Smoke, debout à côté d'elle.

Tous mes frères se lèvent également, prêts à intervenir au cas où les choses partiraient en sucette. Ils me connaissent bien. L'attitude de Smoke m'arrache un grognement. Mes griffes sortent telles celles d'un chat. Je n'ai qu'une envie, lui sauter à la gorge. Mes yeux s'illuminent, quand je sens une main autoritaire se poser sur mon torse pour m'empêcher d'avancer. Au bout du bras qui me maintient en place, Jesús me dévisage. Lorsqu'il s'approche de mon oreille, je comprends qu'il veut me chuchoter quelque chose.

— Je n'ai pas saisi tout ce qu'il se passe avec la métamorphe, mais par contre, ce petit secret que tu tenais tant à dissimuler, lui, ne m'a pas échappé. Je t'invite donc à te calmer et à me laisser gérer ça, tout seul. Qu'en penses-tu ?

En un battement de paupières, mes pupilles s'assombrissent. Il a fini par découvrir mon rôle. Celui imposé par Raymond auprès de Romero, pour protéger les plus faibles d'entre nous. Ma culpabilité s'éveille. Elle est si forte qu'elle m'oblige à confirmer d'un hochement de tête. J'inspire profondément pour me donner une contenance. L'enjeu est trop important, et sa révélation m'a refroidi.

— Comment t'appelles-tu, demoiselle pleine de fougue ?

— Eyana. Eyana DAVIS. Je suis la fille de l'ancien Président, dont l'une des dernières volontés était que je vienne à Albuquerque pour aider le club à couper les ponts avec le cartel. J'ai également servi mon pays en Afghanistan. Le combat ne m'effraie pas.

Je me mords la langue si fort pour ne pas l'interrompre, qu'un goût métallique inonde ma bouche.

— Eh bien ! Quel CV impressionnant ! Approche, veux-tu ? Eyana DAVIS, fille de l'ancien Président des Loups du Crépuscule.

Elle échange un regard avec Smoke, et ma rage redouble. J'avale la gorgée d'hémoglobine qui m'écœure, en me disant que si je continue, je vais me sectionner la langue. En compensation, toujours pour m'aider à relâcher un peu de pression, j'enfonce mes griffes dans mes paumes.

Au moment où Eyana me passe devant, son parfum sucré s'incruste effrontément dans mon nez. Jesús lui tend la main, et elle l'empoigne.

— Je ne lis pas dans les pensées des dames sans leur demander leur consentement avant, explique-t-il sans la lâcher. Question de principe. Aussi, est-ce que tu m'autorises ?

De nouveau cet échange de regards avec Smoke, qui me donne envie de tous les massacrer.

— Oui, souffle-t-elle, finalement.
— Je te remercie.

Il ferme les yeux, comme si, pour le coup, il ressentait le besoin de se concentrer.

— Hum... Intéressant. Très intéressant, même. Bien ! s'exclame-t-il en rouvrant les paupières. J'en sais suffisamment. Ma décision est prise. Eyana, tu viendras avec nous. Shirley, Kirby, vous resterez ici.
— Mais...

Le regard glacial du nephilim me stoppe dans mon élan.

— C'est à prendre ou à laisser, Devon. Vu la détermination de cette jeune femme, même si tu changeais d'avis quant à notre alliance, je doute qu'elle renonce à nous accompagner de toute façon. Il en est de même pour notre ami Marlo, ici présent. N'est-ce pas ?
— C'est exact, confirme-t-elle.
— Pareil pour nous, affirme le djinn.

Putain ! La situation m'échappe complètement.

— Alors, reprend Jesús, en faisant de nouveau face à la salle, qui se porte volontaire ?

Après avoir passé presque deux heures à élaborer un plan qui a toutes les chances de foirer, je reste assis en attendant que l'église se vide. J'ai besoin de me retrouver un peu seul pour faire le point. Aussi, j'observe mes paumes qui finissent de cicatriser, quand la voix de Smoke, devant l'estrade, m'interpelle.

— Pourquoi voulais-tu évincer Eyana ? Le club lui doit beaucoup. Après tout ce qu'elle a vécu depuis qu'elle est à nos côtés, tu croyais vraiment qu'elle n'allait pas réagir ?

Je garde les yeux fixés sur mes mains. Si je vois sa tronche, je risque de dégoupiller. Et ce n'est ni le lieu ni le moment.

— Qu'est-ce que tu viens me faire chier, là ? grogné-je. De toute façon, ce n'est pas moi qui décide, ici. Que ce soit avec ou sans mon accord, elle va participer. Le problème est réglé, non ? Alors, retourne la tringler, et fous-moi la paix.

Un bruit mat, comme un poids lourd qui tombe sur l'estrade, me force à lever le nez. J'ai juste le temps d'apercevoir la haute silhouette de Smoke devant moi, avant que son poing s'abatte sur ma joue. Je m'écroule sur le côté, en même temps que la chaise. Mon épaule à peine remise craque légèrement.

— Debout ! hurle-t-il. Et répète ce que tu as osé dire !

Un éclair jaune zèbre de nouveau ses pupilles noires. Si jusqu'à présent son loup ne le contrôlait pas, il est évident qu'il s'est réveillé. J'ignore pourquoi. De ce fait, je m'étonne encore lorsque ses griffes et ses crocs apparaissent, prêts à me déchiqueter.

Du fond de la salle, je vois Clint arriver en courant. D'un geste de la main, je lui intime de ne plus bouger. Je bougonne, avant de me relever lentement. Je sais que j'ai dépassé les bornes, mais lui aussi. S'il obéissait à mes ordres, nous n'en serions pas là. Encore courbé, je lui fonce dessus pour le soulever au niveau des cuisses, afin de le faire retomber sur le dos. Mais il en faut plus pour l'arrêter. Ses années en taule lui ont permis de gagner en musculature, certes, mais je constate qu'il a également appris quelques trucs, comme se remettre sur ses pieds d'un simple coup de reins. Debout, ses yeux jaunes plantés dans les miens, qui sont désormais de la même couleur, il hurle à pleins poumons. Le genre de hurlement digne d'un alpha. Les portes de l'église s'ouvrent à nouveau, libérant une foule de badauds que Clint empêche d'avancer.

— D'accord, Smoke. Après tout ce que l'on a vécu, si c'est vraiment ce que tu veux, on va se battre, annoncé-je en jetant mon tee-shirt pour amorcer moi aussi ma transformation.

En quelques secondes, nous voilà tous les deux sous notre forme lupine. Je fonce sur lui, tous crocs dehors, en direction d'une de ses pattes arrière. Il esquive de justesse. Je n'ai pas le temps de réagir que ses griffes s'enfoncent dans ma chair au niveau du flanc. Je couine en m'éloignant, pour reprendre mon souffle. Nous nous tournons autour. Comme moi, il doit chercher le bon angle d'attaque.

Malgré ce moment d'accalmie, personne ne tente de nous séparer. Ils ont raison, c'est trop dangereux. Il faudrait être fou pour s'interposer dans un moment pareil.

Je fixe ses yeux entièrement jaunes, toujours un peu surpris par un tel changement, lorsque je crois rêver.

Un éclair bleu traverse ses pupilles.

Je cligne des paupières, pour ajuster ma vue, car c'est impossible.

Ce n'est qu'un mythe.

Une légende que l'on raconte le soir aux louveteaux pour qu'ils soient sages, avant de s'endormir.

Smoke profite de ce moment d'hésitation pour s'élancer, quand une fine silhouette s'interpose entre nous.

— Ça suffit ! s'écrie Eyana, les bras écartés. Arrêtez. Vous êtes des frères, pas des ennemis. Dois-je vraiment vous le rappeler ?

Sa voix devient plus douce, plus apaisante.

— Ce soir, poursuit-elle, vous n'aurez pas d'autre choix que de vous serrer les coudes. Alors, arrêtez de vous battre immédiatement. S'il vous plaît.

L'émotion dans ses derniers mots m'atteint bien plus que tout ce qui vient de se passer.

J'ai beau savoir qu'elle ne m'appartiendra jamais, je crains que son emprise sur moi ne cesse pas pour autant.

Fait chier...

Mon loup s'exécute. Complètement imprégné, il n'a pas d'autre alternative. Je reprends ma forme humaine, non sans douleurs, entre les plaies sur mes côtes, et mon épaule qui me titille à nouveau.

Nolan

J'observe Eyana, plantée entre mon Président et moi, les bras écartés. Elle utilise son corps pour créer un barrage entre nous, et je me demande pourquoi. J'ai l'impression d'émerger d'un profond sommeil. J'examine alors Devon, debout, en retrait derrière elle, avec ses côtes sanguinolentes. Puis, je tourne la tête, et constate une foule amassée au bas de l'estrade. Recouvert de fourrure sombre, bien posé sur mes pattes, j'ignore comment je me suis retrouvé là.

C'est en reprenant ma forme humaine que les souvenirs me reviennent. Je n'ai pas appris à maîtriser mon loup, puisque je n'en ai jamais eu besoin. Alors, qu'est-ce qui m'arrive ?

— Rhabille-toi, m'ordonne Devon. Faut qu'on parle. Vous autres, dégagez. Le spectacle est terminé.

— Allez, lance Mamba en obligeant les badauds

à faire demi-tour.

— Vous avez entendu ? précise Grizzli. Circulez, y a rien à voir.

Luke et Tyler leur prêtent mainforte, pendant que j'aperçois Bolder aux côtés de Rusty, tout au fond. Le doyen secoue la tête, l'air dépité.

— Heu… émet calmement Jesús, qui est arrivé par une entrée qui donne directement sur l'autel. Je vous rappelle qu'ici c'est une église, pas une arène. La prochaine fois, alliance ou pas, je vous mets dehors, c'est compris ? Et il ne sera plus question de pacte entre les Loups du Crépuscule et les Guerreros. Maintenant, si vous voulez discuter posément entre ces murs, pas de problème. Mais les bagarres, c'est dans la cour. Entendu ?

— Nous sommes désolés, déclare Devon. Smoke ?

Il donne un coup de tête en direction du nephilim, pour m'inciter à en faire autant. Comme si je n'avais aucune éducation ! Mais bon, passons. Je préfère ne pas envenimer la situation.

— Oui. Vraiment navré.

— Bien.

Jesús repart, aussi discrètement qu'il est arrivé, et nous voilà seuls, le club au complet, accompagnés de Mama et Kirby. Nous descendons de l'estrade pour rejoindre le reste du groupe, debout, dans l'allée centrale.

— Qu'est-ce qui vous a pris ? s'étrangle Luke.

— Oui, on peut savoir, au juste ? renchérit Ty.

Devon m'observe, comme s'il attendait une confirmation de quelque chose.

— Eyana est ma régulière...

— Yes ! explose Kirby d'une petite voix, qui, malgré tout, n'échappe à personne. Pardon... désolée... Continue.

— Et comme j'ai enfreint les ordres, ça a mis le feu aux poudres.

— Et c'est tout ? s'étonne Rusty.

— Ouais, parce que ça, tout le monde l'a vu venir à des kilomètres depuis des lustres, commente Luke.

— Ce n'est pas pour dire, intervient alors Mama, mais même moi qui n'étais pas trop pour ce genre de dérapage... J'ai remarqué qu'il se tramait quelque chose entre vous.

Je ne sais pas quoi répondre. Pourtant, Devon continue de me fusiller du regard.

— Et ton loup ? finit-il par demander d'un ton acerbe. Tes yeux jaunes. L'éclair bleu qu'il m'a semblé y apercevoir. On en parle ou pas ?

Un uppercut dans l'estomac, voilà exactement ce que je ressens en entendant ces mots. Eyana me dévisage. Sur ses traits, je lis un mélange de surprise et d'incompréhension. Parmi les membres de ceux que je considère comme ma famille, des « oh » et des chuchotements s'élèvent, mais je ne les écoute pas. Je ne prends pas la peine de les analyser. Je me fiche de ce qu'ils disent, de ce qu'ils pensent. La seule chose qui m'importe, maintenant, c'est de découvrir ce qui m'arrive.

— Tu n'en as pas conscience, c'est ça ? m'interroge Mama d'une voix douce.

Incapable d'articuler un son, je secoue la tête.

— Quelqu'un va m'expliquer ? s'énerve tout à coup Eyana. En quoi est-ce si terrible que ses yeux changent de couleur ?

Dans une synchronisation parfaite, nous nous tournons tous vers Kirby. C'est elle, grâce à ses études de psychologie et à son vocabulaire, la plus à même de développer la situation.

— D'accord, souffle-t-elle, en saisissant les poignets d'Eyana pour la forcer à s'installer sur un banc, à côté d'elle.

Puis, elle nous regarde tour à tour. Tyler, qui connaît bien sa régulière, tire un autre banc, aussitôt imité par Grizzli. En quelques secondes, nous voilà assis en cercle.

— Tu sais que les yeux jaunes indiquent des prédispositions, ou appuient le statut déjà acquis d'alpha.

Eyana confirme d'un geste de la tête, en attrapant ma main. Elle entrelace ses doigts aux miens, et mon cœur retrouve le tempo du sien, pour mieux m'apaiser.

— Bien. Pour commencer, là où la situation est surprenante, c'est que Nolan, et tu me corriges si je me trompe, m'intime-t-elle en se penchant pour capter mon regard, n'a jamais été dominé par son loup. C'est bien ça, hein ?

— Moui, c'est ça. Mais surtout, je n'ai jamais eu envie de devenir alpha, précisé-je à l'intention de Devon, qui reste de marbre.

— Tu sais bien que ça, on ne le choisit pas, intervient Rusty.

— Mais pourquoi maintenant ? lancé-je.

— Bon, vous me laissez finir ou pas ? s'énerve Kirby. Parce que déjà que ce n'est pas facile. En plus, ça semble tellement...

Elle marque une pause, et tout le monde reste suspendu à ses lèvres.

— Tellement quoi ? s'inquiète Eyana.

— Improbable, tempère Grizzli.

— C'est clair, confirme Mamba. Tu es sûr de ce que tu as vu, Prez' ?

Devon demeure silencieux un moment, sans doute pour se remémorer les faits.

— Ouais, j'en suis certain.

— C'est dingue... lâché-je, malgré moi.

— Bon ! Est-ce que quelqu'un va finir par m'expliquer, parce que je commence à flipper légèrement, là !

— Non, non ! m'exclamé-je aussitôt, en resserrant ma prise sur les doigts d'Eyana. Il n'y a pas de quoi avoir peur.

— Ouais, confirme Luke. En fait, c'est même génial.

Puis, il regarde Devon, avant de porter une main derrière sa nuque.

— Enfin... poursuit-il. Non ! Ce n'est pas génial... Ce n'est pas ce que je voulais dire... C'est...

— Si, l'interrompt Devon. Si, c'est le cas. Faut le reconnaître, c'est top.

— Bon, c'est pénible à la longue, s'excite Eyana. Qu'est-ce que ça implique, les yeux bleus ?

— Ça signifie que je pourrai devenir un vrai alpha, détaillé-je aussi bien pour elle que pour moi.

Me l'entendre dire à voix haute rend la situation

concrète.

— Je ne comprends rien. C'est quoi la différence entre un alpha et un vrai alpha ?

— Ça suppose que je pourrais égaler un originel. Que ce soit au niveau de ma transformation, c'est-à-dire que je marcherais sur mes pattes arrière. Que je serais plus grand et plus massif aussi. Sans parler de ma force, qui serait décuplée. Quant à mon pouvoir de pyrokinésie, il pourrait s'amplifier.

— Et d'autres capacités pourraient apparaître, ajoute Kirby.

— Mais qu'est-ce qui a déclenché ce changement ? s'étonne Eyana. Comment devient-on un alpha, ou un vrai alpha ?

Je secoue la tête, car j'ignore la réponse.

— Tu crois que c'est lié à nous, s'inquiète-t-elle en me fixant droit dans les yeux. Ce sorcier que l'on a vu hier soir, il a parlé de nos âmes sœurs. Il pourrait peut-être nous le dire ?

— Un véritable alpha s'élève grâce à la seule volonté de son esprit, intervient Kirby, le regard dans le vide. Si le loup et l'homme sont parfaitement accordés, qu'ils sont aussi comblés l'un que l'autre, et qu'ils défendent une cause commune, à ce moment-là, un vrai alpha peut émerger. Cela pourrait arriver à n'importe lequel d'entre nous.

— Bon ! ponctue Eyana avec un certain enthousiasme. Et alors ? En fin de compte, ça n'a pas l'air d'être si terrible que ça. Si ?

Seul le silence lui répond. Elle nous dévisage, tour à tour, attendant que l'un d'entre nous se dévoue.

— Non, tu as raison, raille Devon. Le problème, c'est que ça signifie aussi qu'il y aura toujours une certaine rivalité entre Smoke et moi, désormais. Sauf si j'lui cède ma place au sein de la meute et du club.

Eyana

La fin de journée a été très étrange. Le club a perdu ses repères. La cohésion qui existait au sein des membres a l'air de s'être évaporée. Les célibataires se sont dispersés au bar ou en bonne compagnie. Tyler et Kirby ont disparu dans leur chambre, pendant que Rusty et Mama sont partis se promener.

Alors que Nolan et moi étions assis sur un banc, en train de regarder Dogzilla s'amuser, j'ai aperçu Clint qui se rendait au pas de course vers la chambre de Devon. Après une longue hésitation, nous sommes restés dehors, sans bouger. Nous avons bien sûr discuté de l'éventualité où le Président actuel lui céderait sa place, mais Nolan refuse de l'envisager. Je crois qu'il ne réalise pas. Si nous avions eu plus de temps, je lui aurais prodigué les précieux enseignements dispensés par ma grand-mère pour trouver l'harmonie entre son loup et sa part humaine.

Après un repas morne et relativement frugal, nous voilà en route pour le laboratoire. Les bruits de Harley résonnent dans la nuit. Mes bras enroulés autour de la taille de Nolan, mon visage contre son dos, mon cœur bat en rythme avec le sien. Au milieu des vapeurs d'essence, je cherche son parfum naturel, boisé et chocolaté à la fois.

Le plan est assez simple.

Trop.

Je sais d'expérience que lorsque l'on n'envisage aucune échappatoire, les choses finissent toujours par déraper.

À un moment ou à un autre...

C'est presque inévitable. Et Nolan est d'accord avec moi. Aussi, nous avons convenu que quoi qu'il arrive, on ne se sépare pas.

Situé dans une zone industrielle, nous nous garons à quelques rues du laboratoire, pour achever notre progression à pied. Marlo et Glenn, les deux djinns, m'intriguent beaucoup. Sans doute parce que je n'en avais jamais rencontré auparavant. Ils marchent côte à côte, d'un pas ferme. J'ai bien compris que le chef fonde beaucoup d'espoir dans cette attaque pour retrouver son père, disparu depuis longtemps.

Parmi les Guerreros qui se sont portés volontaires, je reconnais Taka, qui nous a accueillis, ainsi qu'un farfadet que m'a présenté Nolan, Ciléo. Ils étaient en prison ensemble. Dans leur effectif, il y a également deux trolls, trois autres loups-garous, et une sorcière.

Jesús a aussi tenu à nous accompagner, bien qu'un nephilim ne possède aucune faculté intéressante en situation de combat. Je crains qu'il ne constitue plus un poids qu'un véritable atout. Nous verrons bien. Je suppose qu'il s'est senti coupable de constater que si peu d'entre eux voulaient participer. Avec sa capacité à lire dans les pensées, c'est sûrement pour cette raison qu'il a accepté si vite de souder une alliance avec les Loups du Crépuscule. Sans nous, leur effectif aurait vraiment été trop réduit pour sortir vainqueur d'une telle attaque.

En clair, les Guerreros ne sont pas si guerriers que ça. Je me demande même si ce nom n'a pas été choisi dans le simple but d'intimider de potentiels rivaux.

Par contre, là où ils ont excellé, à notre grande surprise d'ailleurs, c'est que Jesús a pu nous montrer une carte particulièrement détaillée de la zone. Sans être entrés dans les locaux, nous avons une idée assez précise de l'environnement dans lequel nous allons mettre les pieds.

Pour l'obtenir, ils ont kidnappé un des deux gardes en faction devant l'entrée. Ensuite, grâce au pouvoir de Jesús, qui est allé piocher les informations directement dans sa tête, une groupie des Guerreros, douée en dessin, a pu réaliser les plans.

Seulement, à notre arrivée à l'angle de la ruelle sombre, devant l'espèce de porte de garage en métal brun, le long de cette rangée de bâtiments désaffectés, se trouvent non plus deux cerbères, mais quatre.

Voilà ! On n'est pas encore à l'intérieur que l'on rencontre déjà une première difficulté. Sur le coup, je déteste avoir raison.

Par chance, ils n'ont pas ajouté de caméras de surveillance. Cela attirerait trop l'attention, même dans une zone aussi peu fréquentée.

— Merde ! chuchote Taka.

— On aurait dû s'en douter, enchaîne Ciléo. Si l'un des nôtres avait mystérieusement disparu, nous aurions réagi de manière identique.

— Ça change pas grand-chose au plan, contre Devon. Au lieu d'y aller à deux, on y va à quatre, et puis c'est tout. Qui nous accompagne ?

J'échange un bref regard avec Nolan.

— On vient, affirme-t-il. Ils seront sans doute moins méfiants en voyant une femme avec nous.

Fait étonnant, le Président grogne.

Ce soir, les Loups du Crépuscule ont laissé leurs blousons en cuir au QG des Guerreros. D'une part, pour que cette première approche se passe sans alerter nos ennemis, et d'autre part, parce que s'ils doivent se transformer et abandonner leurs vêtements, pas question pour eux de perdre leurs précieux blousons.

— OK, confirme finalement Devon. Tout le monde se tient prêt. Chacun sait ce qu'il a à faire. Grizzli, Smoke, Eyana, c'est parti.

Nous nous engageons dans la ruelle en riant, en titubant et en parlant fort. Le but est de leur faire croire que nous sommes une bande de joyeux touristes égarés, très éméchés. Nous espérons ainsi qu'ils relâchent leur vigilance pour les approcher en toute quiétude, avant de les neutraliser.

Les Guerreros ont dans leur rang un kanima. Cette créature, mi-femme, mi-lézard, sécrète dans sa queue un puissant venin paralysant. Elle n'est plus en âge de se battre, aussi, nous avons enduit cette substance sur les lames de nos couteaux en argent, afin de maximiser nos chances de réussite.

— Arrête ! simule Grizzli. Tu aurais forcément perdu. Ce mec était en train de t'écraser.

— N'importe quoi ! réplique Smoke. S'il ne s'était pas dégonflé, je te jure que je lui aurais fait bouffer ses fléchettes.

— On a raté un sacré spectacle, alors ! m'exclamé-je.

— Tu ne te moquerais pas un peu de moi, toi ? m'intime Nolan en s'immobilisant à côté des loups-garous en faction.

— Eh ! Les soûlards ! nous interpelle l'un d'eux. Dégagez. Allez cuver plus loin.

En une fraction de seconde, l'effet de surprise jouant en notre faveur, nous nous jetons sur nos cibles. Ces types sont entraînés, je le remarque tout de suite à la posture de mon ennemi. Le dos courbé, les jambes fléchies pour maximiser son élan, il a déjà sorti ses griffes et ses crocs.

— Viens, la méta, j't'attends, gronde-t-il.

Dans ma vision périphérique, je perçois des silhouettes qui s'agitent. Des coups et des grognements me parviennent. Ils se fatiguent tous tellement pour rien. Je fonce, prends appui avec mon pied droit sur la cuisse gauche de mon adversaire, pour bondir et pouvoir enrouler mes jambes autour de son cou. Je me penche en arrière de tout mon poids pour le déséquilibrer. Dès que je le sens chavirer, je lâche ma prise, avant de retomber sur mes pieds et mes mains. D'un geste souple et rapide, sans réfléchir, car il n'est pas question d'écouter ma conscience dans un moment pareil, je tire la lame de ma ceinture et la plante dans son thorax. Le duel à mort était de toute façon implicite.

— Je suis désolée, soufflé-je, encore accroupie.

Il suffoque. Les mains sur sa poitrine, la bouche en « o », il tente désespérément de contenir le sang qui s'écoule hors de son corps.

C'est loin d'être la première fois que j'ôte une vie, pourtant l'effet reste le même. Comme si une partie de mon âme s'assombrissait, ou s'éteignait carrément. Ses yeux marron clair, effrayés par ce qui l'attend, s'ajouteront à la longue liste de regards de mes victimes précédentes, qui viennent à l'occasion hanter mes nuits.

Une main chaude se glisse derrière ma nuque, sous ma queue de cheval. Nolan s'est accroupi à côté de moi.

— C'est terminé. Tu es sûre de vouloir continuer ?

J'acquiesce en silence.

Le reste du groupe nous a déjà rejoints. Mamba, sans doute aidé par des membres plus grands et plus forts que lui pour atteindre une telle hauteur, a grimpé au-dessus de la porte d'accès. Nous savons qu'une immense cour se trouve de l'autre côté. Allongé sur les briques, il scanne la zone grâce à sa vision thermique, avant de sauter au sol pour nous communiquer son compte rendu.

— Ils sont au moins une douzaine là derrière, chuchote-t-il en foudroyant Jesús du regard. C'est bien plus que ce que tu nous avais annoncé.

— Je vous ai simplement transmis les informations rapportées par mes éclaireurs, se dédouane le chef des Guerreros, d'un ton posé.

Devon grogne, et j'ai comme l'impression qu'il hésite à retarder l'attaque. Ce qui ne serait sans doute pas une si mauvaise chose.

— C'est sûrement lié à la disparition d'un de leurs gars, tempère Taka.

— C'est clair ! confirme Luke. Mais qu'est-ce qu'on fait ? On y va quand même, ou pas, Prez' ?

Le nephilim reste muet. Il se contente de hocher la tête, en fixant Devon droit dans les yeux.

— L'entrée ne sera pas des plus discrètes, murmure Marlo, mais nous avons eu la chance de pouvoir passer ceci à la frontière.

Au creux de ses mains reposent deux grenades.

— On va ameuter les flics direct, si on fait péter toute la zone ! s'alarme Nolan.

— Smoke a raison, approuve Grizzli.

— Ah, mais oui ! s'exclame Ty. C'est vrai que vous n'étiez pas là, vous, quand on a attaqué le fourgon avec Bryan.

Toujours à mettre les pieds dans le plat, notre beau biker blond. Si Kirby était avec nous, elle lui balancerait son poing dans l'épaule. Au lieu de ça, un silence nostalgique s'abat sur le groupe. Il ne s'éternise pas. Un grésillement, en provenance d'un des cadavres que nous avons tirés sur le côté, s'élève.

— Mike ?

Une voix grave crépite à travers ce que je suppose être un talkie-walkie. Taka, Ciléo et Luke sont les plus proches. Ils se jettent sur les corps, à la recherche du récepteur.

— Tout va bien, dehors ?

Taka dresse une main triomphante, mais nous savons que désormais, le temps nous est compté.

— Réponds, lui intime Devon.

Il lève les yeux au ciel en pinçant les lèvres, l'air de dire que c'est stupide. Et franchement, il a raison. Ils se doutent déjà qu'il y a un problème. Ils ne vont pas tarder à rappliquer, armés jusqu'aux dents. C'est sûr et certain !

— Ne les laissez pas sortir, ordonne Jesús. Jetez les grenades. Maintenant !

J'observe la scène, comme si elle se déroulait au ralenti. Les deux djinns dégoupillent leurs projectiles avant de les balancer par-dessus la porte de garage.

Des flashs de mon passé en Afghanistan parasitent mon cerveau, lorsque je sens Nolan m'entraîner un peu plus loin. Il me plaque contre un mur et fait barrage avec son corps pour me protéger.

— À couvert ! hurle quelqu'un à l'intérieur.

Aussitôt, l'explosion retentit. Le sol tremble sous mes pieds, ravivant encore plus de vieux souvenirs que je tente désespérément d'oublier. Seulement, la suite est différente. Pas d'éboulis. Pas de casse. Juste une épaisse fumée bleue qui s'élève de la cour, accompagnée d'un grand silence.

— Qu'est-ce que c'est ? m'étonné-je en regardant Marlo ordonner aux deux trolls de forcer l'entrée.

— Un gaz élaboré à partir du fluide des djinns, nous explique Clint. Ils plongent ceux qui le respirent dans un coma artificiel.

— Super ! ironise Nolan. Et comment on fait, nous, pour les suivre à l'intérieur ? Les trolls, presque rien ne les atteint. On ne va pas attendre ici que la fumée se dissipe.

— Je dois pouvoir intervenir, lance la petite voix fluette de la sorcière des Guerreros.

Vêtue d'une robe en mousseline violine, je ne voyais pas très bien en quoi elle allait nous être utile. Je me trompais peut-être.

Elle s'avance, mains en avant, vers le portail désormais grand ouvert. Une bourrasque s'échappe de ses paumes, chassant progressivement les émanations bleutées, pour ne laisser apparaître que les corps endormis de nos adversaires, au milieu de différents véhicules. Je les observe, intriguée.

— Tu as vu ? dis-je à Nolan. Que ce soient les fourgons ou les voitures, ils sont tous blindés.

Nous échangeons un regard perplexe, avant d'emboîter le pas aux djinns et aux trolls qui se sont déjà avancés. Ils en ont profité pour ramasser quelques armes supplémentaires. Nous nous empressons de les rejoindre et de les imiter.

Chacun récupère une mitraillette, en plus de l'attirail qu'il a apporté, à l'exception de la sorcière, qui semble épuisée. Malgré tout, elle colle Jesús, qui lui, fait bloc avec le reste du groupe. Même si je ne le vois pas appuyer sur la détente, il se tient droit, arme au poing.

Une double porte immense, en métal, nous sépare encore de la zone où se trouve le laboratoire. Si nous étions entrés comme nous l'avions prévu, c'est-à-dire en déverrouillant discrètement la serrure, sans leur laisser l'opportunité de réagir, elle aurait dû être ouverte. Mais là, ils ont eu tout le temps de comprendre qu'une attaque se profilait à l'horizon.

— Bien. Plus qu'à reporter le plan ici, s'enthousiasme Devon. Ty !

Ça se voit que les montées d'adrénaline ne lui font pas peur. Au contraire, même. Il semble jubiler. Tyler, notre expert en serrurerie, s'avance pour crocheter le verrou, lorsqu'une flopée de détonations, en provenance de l'intérieur, retentissent. On s'aplatit tous au sol, sauf Tyler qui gît sur le dos, les yeux rivés vers le ciel.

Mon cœur accélère sa course. L'image se fige pour se graver à jamais dans ma mémoire. Ce n'est pas possible ! Je ne me vois pas annoncer à Kirby que nous avons perdu sa moitié. Je n'ose imaginer sa souffrance. Je ne pourrais pas survivre dans ce monde, désormais, sans la présence de Nolan.

Puis, Tyler se met à tousser. Il se contorsionne, avant de rouler sur le côté, tout sourire, et de s'éloigner en rampant. Une vague de soulagement s'affiche alors sur tous les visages.

— Merci, ma chérie, d'avoir insisté pour que je porte un putain de gilet pare-balles, l'entends-je marmonner.

À ce moment-là, je me souviens de la crise, presque hystérique, que lui a tapé Kirby avant notre départ. Elle a eu un sacré feeling sur ce coup-là.

Devon

— Smoke ? l'interpellé-je. Tu peux faire fondre la serrure de là où tu es ?

Il m'adresse un hochement de tête affirmatif, puis se met à ramper en direction de la porte. Avant même qu'il ne l'atteigne, celle-ci s'ouvre en grand sur une rangée de loups-garous armés de flingues et de mitraillettes, sûrement chargés avec des balles en argent.

Putain, c'qu'on a l'air fin, tous affalé le nez dans la poussière, au milieu de cette cour. Je maudis ce plan trop simpliste et trop direct. Si seulement on m'avait écouté, on n'en serait pas là. On avait un sacré avantage grâce à la carte détaillée des lieux. Il suffisait de poser des charges explosives aux endroits stratégiques et de tout faire péter. Mais non ! Que ce soit Marlo ou Jesús, les deux tenaient à entrer. L'un pour retrouver son père, l'autre, pour vérifier si des vampires à la con n'étaient pas retenus captifs. Bravo ! Maintenant, c'est nous les prisonniers. Ah, c'est sûr ! On est vachement bien avancés !

— Laissez vos armes au sol, et levez-vous, papattes en l'air, nous ordonne un grand brun baraqué.

Je m'exécute, imité par le reste du groupe, quand Sullivan s'incruste entre deux de ses hommes. Sa présence ne peut vouloir dire qu'une seule chose : il savait que nous allions venir. Mais comment l'a-t-il découvert ? Comme je ne fournis plus d'informations au cartel depuis le vol du fourgon et la révélation de l'entrepôt, j'en déduis qu'ils doivent avoir des contacts ici, à Chihuahua. Le sourire sur sa face de psychopathe ne me dit rien qui vaille. Il sonde les visages avant de s'approcher de Smoke. Il le fouille, jette son attirail par terre, puis d'un coup de revolver dans les côtes, l'oblige à avancer dans ma direction. D'un mouvement de tête, Sullivan ordonne à l'un de ses sbires de faire pareil avec moi.

— Venez avec moi tous les deux, aboie-t-il, péremptoire.

— Non ! s'insurge Smoke. C'est hors de question. Je reste là.

— Tu en es sûr ? articule une voix dans notre dos.

Je me retourne, et tout ce que je vois, c'est le flingue sur la tempe d'Eyana. Mes yeux coulent vers le lycan qui ose la menacer d'aussi près. Ses traits anguleux et son regard d'acier se gravent dans ma mémoire. Si l'occasion m'en est donnée, je le réduirai en bouillie. Peu importe qu'elle m'appartienne ou non. Peu importe que mon loup se soit encore vautré en la désignant comme mon âme sœur. Les sentiments que je ressens pour elle sont réels. Et au-delà de ça, on ne menace pas un membre de ma meute.

Smoke bat en retraite, puis se laisse guider par Sullivan. Nous traversons la cour en direction d'un escalier en métal, qui ne figurait pas sur la carte. Je présume que le petit garde que les Guerreros ont kidnappé n'avait pas accès à ce secteur. Du coup, il a dû le zapper de sa mémoire.

En grimpant les marches, j'aperçois les autres, toujours les mains en l'air au-dessus de leur tête, qui entrent dans la zone du laboratoire.

— Que vont-ils leur faire ? demandé-je.

— Tu devrais plutôt t'inquiéter de ce qui va t'arriver, me nargue Sullivan.

La porte s'ouvre sur Romero, qui exhibe ses dents du bonheur. La haine que m'inspire ce type, face à son attitude suffisante, me brûle les veines.

— Ah ! Enfin, vous voilà. Je vous attendais avec impatience, monsieur Ward. Monsieur Brooks, nous n'avons pas eu l'occasion d'être présentés officiellement, mais nous avons aussi beaucoup de choses à nous dire, je pense.

Nous entrons et le faisceau d'une ampoule nue, qui danse au plafond, m'éblouit quelques secondes. Par la fenêtre passent également quelques rayons lunaires. La petite pièce est meublée d'un vieux bureau en métal gris, d'un fauteuil pivotant, et de deux chaises. Sullivan confie son calibre à Romero, pendant qu'il nous attache les mains dans le dos avec une corde, avant de nous forcer à nous asseoir sur le lino marron. C'est bien vu. Nous installer sur les chaises en bois aurait pu nous fournir une arme, dans l'éventualité où l'un de nous parviendrait à la casser.

— As-tu encore besoin de moi, ici, Tylio ? Demande Sullivan en reprenant son flingue.

Le chef du cartel, en appui contre le bureau derrière lui, nous observe de toute sa hauteur, comme si nous étions deux fourmis sous sa semelle. Je n'ai pas dit mon dernier mot. Je tire sur mes liens, le plus possible. Si j'arrive à leur donner assez de mous, je pourrai peut-être me détacher.

— Non. Je préfère que tu rejoignes Olivia et Eyana. On ne sait jamais.

Étonné, je regarde Smoke, qui, lui, semble plus inquiet que surpris. C'est quoi encore ce bordel ?

— C'est vraiment dommage que notre collaboration se termine ainsi, déplore notre geôlier. Je croyais pourtant que chacun y trouvait son compte.

— Tu croyais que chacun y trouvait son compte ? lâché-je, venimeux. Tu as contraint le club à bosser pour toi. Sans parler de Ray, qui a dû trahir tous ceux qu'il aimait, et abandonner tout ce pour quoi il s'était battu toute sa vie pour te fournir des informations, juste pour t'assurer de notre loyauté. Et quand j'ai pris le relais, je n'ai pas eu d'autre choix que d'en faire autant.

— J'ai failli crever en taule à cause de toi ! s'exclame Smoke. Si John était encore parmi nous, il te cracherait à la gueule, rien que pour avoir osé menacer nos familles.

— John ? Ah oui. Le père de la barmaid blonde.

L'un des trois fondateurs de votre club qui est mort en prison, c'est ça ?

Smoke grogne, pendant que Romero s'esclaffe. Sa réaction galvanise ma rage. Je tire de toutes mes forces sur mes liens qui commencent à lâcher un peu de lest.

— Alors c'est ça qui vous a chiffonnés, les garçons. Je pensais pourtant que la quantité d'argent que vous aviez gagné grâce à moi effacerait ce petit accroc.

Il pousse un profond soupir où se mêlent exaspération et lassitude.

— Quel dommage que nous ne puissions plus faire d'affaires ensemble ! Mais vous avez au moins le mérite de m'avoir ramené Eyana saine et sauve. Et rien que pour ça, je vais me montrer clément avec vous.

Lui avoir ramené Eyana saine et sauve ? Qu'est-ce qu'il raconte, putain ? Est-ce qu'elle joue pour Romero depuis le début ? C'est de cette façon qu'ils ont su qu'on venait, ce soir ? J'aurais dû m'écouter, au lieu de faire confiance à mon loup. Il m'a encore bien embobiné, celui-là ! Je me méfiais d'elle à son arrivée. Comment j'ai pu me laisser endormir à ce point ? Et comme par hasard, il reste en veille, là ! De toute façon, s'il se manifestait, je le repousserais dans ses retranchements. Je n'en peux plus de toute cette merde ! De ces conneries à répétition ! Cette pression, ces mensonges, le poids de la trahison qui pèse sur mes épaules depuis bien trop longtemps. Et personne avec qui partager toute cette souffrance...

Romero s'avance d'un pas, puis se penche vers nous pour continuer sa tirade.

— Je dirai à Sullivan de vous tuer rapidement. Cependant, je ne vous cache pas qu'il est un peu têtu, s'amuse-t-il en se redressant. Je ne peux pas vous garantir qu'il m'obéira à la lettre.

Je grogne, tandis que Smoke a l'air d'avoir accepté son sort.

— Enfin, vous verrez. Vous serez aux premières loges, pour ça. Bien ! s'exclame-t-il en tapant dans ses mains. Sur ces belles paroles... Oh... À vous, je peux le dire, maintenant. J'ai hâte de retrouver ma chère et tendre épouse, accompagnée de celle qui aurait dû être ma fille. J'ignore si c'est encore possible. Je l'espère. Oui... Je le souhaite sincèrement.

Ses yeux se perdent dans le vide quelques secondes, et nous échangeons un regard perplexe avec Smoke.

— Allez ! s'exclame-t-il, tout à coup. Ce n'est pas tout ça, mais c'est que je suis attendu.

Il s'avance jusqu'à la porte, puis nous dévisage, l'air satisfait.

— Je ne vous dis pas au revoir, messieurs, ce serait de mauvais goût.

Il quitte la pièce, pendant que je cherche une solution pour nous sortir de ce pétrin. Peu importe ses babillages à la con. Je ne me laisserai pas berner par ses élucubrations. Il est hors de question que je reste là sans réagir, à attendre que Sullivan revienne pour nous loger une balle entre les deux yeux, dans le meilleur des cas.

À peine la porte refermée derrière lui, je me tourne vers Smoke pour lui hurler de se bouger. De ne pas se laisser abattre par ce que vient de nous asséner ce gros con de Romero, qu'il se lève, les mains libres.

— Comment... ?

— Ils ont oublié que je maîtrise le feu. Ils auraient dû m'attacher avec des chaînes.

Il jette un œil par la fenêtre, avant de me libérer à mon tour.

Eyana

Sous le joug d'une demi-douzaine de lycans armés jusqu'aux dents, nous avançons dans le bâtiment. Je découvre alors toute l'horreur dont le cartel est encore capable. De chaque côté, alignées en rang d'oignons, se trouvent d'immenses cages aux barreaux très épais. Quelques-unes sont vides, mais pas suffisamment à mon goût. Des vampires, très affaiblis, sont assis sur des chaises en bois, maintenus par des bracelets d'argent. Certains ont un tuyau planté dans le bras qui pompe leur sang. Le liquide carmin arrive jusqu'à une machine, qui berce délicatement la poche dans laquelle il est stocké.

Que peuvent-ils bien en faire ?

— Marius… souffle Jesús, quelques pas derrière moi.

— Ta gueule ! aboie un des gardes. Entrez là, tous les deux.

Ils prennent soin de nous séparer, en nous enfermant dans des cages distinctes. Quand il ne reste plus que moi, je regarde autour, en me demandant comment nous allons bien pouvoir nous sortir de ce guêpier.

— Et moi ? m'inquiété-je.

Car je ne suis pas née de la dernière pluie ! Me réserver un sort différent des autres n'augure rien de bon.

— Toi, lance une voix douce et féminine, tu viens avec moi.

Je reconnais aussitôt la sorcière brune qui accompagnait Romero, le jour de son meeting. Ses yeux vert clair me scrutent, pendant que ses lèvres s'étirent en un sourire qu'elle doit espérer chaleureux, je suppose. Mais comme elle ne m'inspire aucune confiance, même pas une once de sympathie, bien au contraire, mes pieds refusent obstinément de bouger.

Un coup de canon dans le dos me force à avancer dans sa direction. Je m'exécute à contrecœur, en observant les visages de ces pauvres vampires.

— Ce n'est qu'un juste retour des choses, articule la sorcière. Après avoir passé des siècles à tuer et vider des humains impunément, tu ne trouves pas ce revers ironique ?

— Pourquoi est-ce que vous leur faites subir une telle atrocité ? m'emporté-je. C'est immonde !

J'imagine mon ami Jeremiah dans cette situation, et ça me met hors de moi.

— Tais-toi ! m'ordonne un de ses sbires en me frappant à la mâchoire, avec la crosse de son fusil.

Aussitôt, dans un silence absolu, la sorcière exécute un geste de la main, comme si elle donnait une claque dans le néant. Le corps du lycan vole à travers l'entrepôt. Il passe entre deux cages, avant de s'écraser contre le mur. Ses os produisent des craquements sinistres. Il retombe sur le sol, telle une marionnette désarticulée. La tête bien trop penchée sur le côté, il ne fait aucun doute qu'elle l'a tué. Mais pourquoi me protéger ainsi ?

Un vent de terreur flotte dans l'air.

— Le prochain qui la touche, assure-t-elle d'une voix paisible, finira dans une de ces cages. Est-ce clair ?

Le groupe n'émet aucun son. Ils se contentent tous de hocher la tête avec frénésie. Enfin, elle reporte son attention sur moi. Une main tendue vers mon visage, elle s'avance dans ma direction. Conditionnée par un réflexe de survie, au vu de la façon dont elle traite ses propres employés, je recule d'un pas vif.

— Je t'ai fait peur. Pourtant, tu n'as rien à craindre. Tu ne te souviens pas de moi, si ?

Je détaille ses traits avec minutie, essayant de me rappeler où j'ai bien pu la rencontrer. Or, je suis incapable de penser rationnellement. En fait, je crois que je suis incapable de penser tout court. En plus de l'effroi, je nage dans l'incompréhension la plus totale. Je transpire. Mes paumes sont moites, et mon rythme cardiaque est si élevé que j'ai l'impression d'être une bombe à retardement.

— Ce n'est pas grave. Nous avons tout le temps de raviver ta mémoire, désormais. Viens. Je vais te montrer quelque chose.

Même si j'ai les mains libres, sa démonstration de force calme mes ardeurs de rébellion. Je jette un œil désespéré en direction de Luke et de mes amis, des djinns, ainsi que des Guerreros, qui ont bien voulu nous accompagner. Mon cœur se ratatine dans ma poitrine. Les tripes nouées, je songe aussi à Devon et à Nolan, en me demandant où ils sont, et ce qui va leur arriver.

— Eyana, m'interpelle-t-elle, pour me rappeler sa présence.

J'avance jusqu'à la sorcière, qui se met en route. Les talons de ses escarpins claquent sur le ciment. J'étais tellement obnubilée par les cages que je n'avais même pas remarqué l'immense structure recouverte de bâches plastiques opaques.

— Enfile ça, m'ordonne-t-elle en me tendant des chaussons en papier bleu et une blouse assortie. Notre chef de laboratoire est très tatillon sur l'hygiène. Comme si les drogués accordaient de l'importance à l'endroit où est fabriquée leur dose.

Son ton méprisant me donne la nausée. Sous ses apparences faussement gentilles, elle cache quelque chose. Je vais donc devoir ravaler ma bile et me montrer plus maligne qu'elle, si je veux obtenir des informations. D'autant qu'elle a l'air de m'apprécier, même si j'ignore encore pourquoi.

— Vous ne m'avez pas dit, comment dois-je vous appeler ? demandé-je en passant le vêtement.

— Booo... s'amuse-t-elle, en souriant. C'est vrai, en plus. Je suis tellement heureuse de te retrouver que j'en oublie mes bonnes manières. Je m'appelle

Olivia, mais ta mère m'appelait Liv.

— Ma mère ? Vous avez connu ma mère ?

— En effet, confirme-t-elle en levant les sourcils et en hochant légèrement la tête.

Je m'immobilise, en proie aux réflexions qui m'assaillent. J'essaie de rassembler tous mes souvenirs de cette époque, quand un doute submerge mon esprit. Je l'observe une seconde, avant d'énoncer ma théorie à voix haute.

— Je me rappelle une voisine qui me gardait parfois après l'école, chevroté-je. Mais... à part ces yeux verts que vous avez en commun...

— Ouiiii, jubile-t-elle. Tu vois que tu te souviens de moi. Tu as du mal à me reconnaître, parce qu'à cette époque, je consommais de la potion d'amarante. Mais comme je suis contente. Nous allons enfin progresser main dans la main.

Mon cœur rate un battement avant de s'affoler complètement. De vagues images s'immiscent dans mon esprit.

C'était une période heureuse.

Avant l'accident...

Seulement, ce n'est pas le moment de sombrer. Je m'oblige à refouler les émotions qui m'envahissent. Je dois me montrer pragmatique. À la fois pour me sortir de cette merde, mais aussi pour aider mes amis. J'inspire un grand coup, me remémore les dernières paroles de la sorcière, et trouve la faille sur laquelle rebondir.

Encore une fois, merci l'armée de nous apprendre à gérer le stress.

— À quoi sert cette potion ?

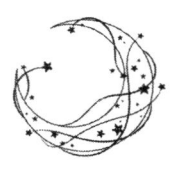

— Oh, oui, évidemment... réplique-t-elle en se frottant le menton, l'air un peu ennuyé. Cette information va entraîner une multitude d'autres questions. Hum... je me demande s'il est bien sage de te le dire maintenant.

Je l'observe avec attention, en m'interrogeant. Joue-t-elle la comédie, ou est-elle sincère ?

— Oh ! Et puis, tant pis, je n'y tiens pas ! Je suis tellement chanceuse de t'avoir retrouvée, si tu savais, ma tendre Eyana, s'extasie-t-elle en prenant mon visage en coupe entre ses mains. Je répondrai à toutes tes questions, c'est promis ! À commencer par la potion d'amarante, bien sûr. Elle crée un sortilège d'illusion. C'est bien plus pratique qu'un déguisement, crois-moi. Seulement, il a ses limites, surtout avec un être hybride comme toi. C'est grâce à cette particularité que tu pouvais distinguer mes vrais yeux. Mais ta mère, elle, n'y voyait que du feu.

— Je ne comprends pas.

— Je t'expliquerai tout après. C'est promis. D'abord, tu vas entrer avec moi dans le laboratoire, et tu vas laisser le docteur Molina prélever un peu de ton sang.

Elle s'apprête à tirer une bâche pour l'écarter du passage, lorsque, dans un mouvement vif, elle se retourne vers moi.

— Ah ! Avant, je voudrais juste arranger un petit quelque chose.

Elle tend lentement la main vers mon cou, pour saisir ma chaîne et sortir le pendentif en forme de papillon de nuit de sous mon débardeur.

— Tu ne devrais pas le cacher. Ta mère en était

très fière.

Trop de gentillesse tue la gentillesse. Olivia ne joue pas franc jeu, je le sens dans mes tripes. Une peur sournoise glace mes veines. Cette alliée vitale me rappelle que la sorcière est mon ennemie, et que je ne dois surtout pas me laisser bercer par ses belles paroles et ses faux actes de tendresse. Il est clair qu'elle a besoin de moi. Et même si j'ignore pourquoi, je dois faire semblant d'aller dans son sens. Cette simple idée me rebute. Jouer la comédie, toujours, et encore... J'ai l'impression de ne plus faire que ça depuis que j'ai atterri à Albuquerque.

Je pense à Luke, ainsi qu'à Nolan. Le quitter déchirerait mon âme, à un point que je n'ose même pas imaginer. Mais je commence à fatiguer de toutes ces simagrées. Je songe à Dogzilla aussi, et aux dernières paroles que nous avons échangées. Je veux revoir mon chien. Je lui ai promis de faire tout ce que je pourrais pour revenir le chercher.

— Alors ? Tu viens ?

Le bruit du plastique additionné au son de sa voix, un peu trop mielleuse, me ramène à l'instant présent.

Je me retrouve face à un humain en blouse blanche, plutôt petit, avec une calvitie naissante, qui exécute une courbette à destination d'Olivia. Le reste de ses cheveux frisés, de couleur châtain, lui confère un air clownesque. Le centre du laboratoire est occupé par des paillasses, avec une multitude de fioles et de tubes transparents, dans lesquels circulent des liquides carmin ou bleus. Dans un angle opposé, celle que je devine être son assistante, sort de ce qui ressemble à un four vertical, des plaques métalliques soigneusement empilées sur un chariot. Elles contiennent une épaisse couche de matière rouge vif. À côté, enchaîné sur une chaise en bois massif, se trouve un djinn dont la carrure est si impressionnante qu'il s'agit forcément d'un originel. Un sentiment de tristesse se mêle à ma colère et à mon appréhension, en voyant l'état de celui que je suppose être le père de Marlo. Les yeux mi-clos, il peine à conserver la tête droite. Des tubes sortent de ses bras pour lui prélever du sang, bleu. Le même que celui qui se répand lentement dans les installations, au centre du laboratoire.

— Que puis-je pour vous, madame Romero ? s'enquit-il.

— Docteur Molina, voici Eyana Davis.

— Oooohhh... Bien, bien ! Je vois.

Qu'est-ce qu'il voit ? Cette simple donnée lui suffit pour savoir ce qu'il doit me faire. J'étais donc si attendue que ça ?

— Qu'allez-vous faire de mon sang ?

Le toubib avance un tabouret à mon intention, avant de se mettre à préparer tout le nécessaire pour le prélèvement.

— Rassure-toi, tente de m'apaiser Olivia, je vais tout t'expliquer après. C'est promis. Sache juste une chose. Tu es en sécurité, avec moi.

— Mon frère et mes amis, ils sont aussi en sécurité ? m'emporté-je. Pourquoi nous avoir séparés ? Où sont Nolan et Devon ? Et pourquoi est-ce que je serais plus en sécurité qu'eux, avec vous ? Qu'est-ce que j'ai de si spécial, qui vous intéresse autant ?

Elle rit. Un petit rire discret et sophistiqué qui s'accorde à merveille avec la classe d'une femme de son rang. Un genre que je ne serai jamais. C'est un détail qui me met souvent mal à l'aise, mais dans le cas présent, j'ai juste envie d'ajouter : « Heureusement ! »

— Quelle fougue ! Tu as hérité du tempérament de ta mère, et de la témérité de ton père, on dirait. Sois sage, veux-tu ? Assieds-toi, confie ton bras au docteur Molina, et je te promets de te dire tout ce que je sais, après. D'accord ?

Mon père ? Dois-je comprendre que... non ! Pour l'instant, il est préférable que je me concentre sur l'instant présent. D'autant qu'elle n'emploie pas la force, ce qui rend sa méthode de persuasion plus pernicieuse.

J'ai besoin de réponses.

De beaucoup de réponses.

Encore.

Alors, je m'exécute sans broncher.

— Pourquoi prélevez-vous aussi le sang des vampires et du djinn ? demandé-je à Molina, qui s'apprête à me planter son aiguille dans la veine.

Il relève le nez en direction de la sorcière, qui approuve silencieusement.

— Ils rentrent dans la composition de la *Cactus*. Celui du djinn apporte l'effet comateux et hallucinatoire, tandis que celui des vampires crée l'addiction. Ensuite, j'y incorpore quelques comprimés, des produits chimiques, et le tour est joué. Mais je ne peux pas tout vous dévoiler, jeune fille, complète-t-il en chuchotant, vous risqueriez de me piquer ma recette, et alors je ne servirais plus à rien. Même mon assistante ne connaît pas tous les détails, s'empresse-t-il d'ajouter comme pour se protéger.

Si lui, qui tient un rôle essentiel dans la fabrication de leur précieuse drogue, se méfie autant, comment dois-je vraiment interpréter les paroles d'Olivia lorsqu'elle me soutient que je suis en sécurité ? Je veux des réponses, certes, mais pas au détriment des vies de mon frère ni de celles de Nolan ou de mes amis.

Je songe une seconde à me transformer en ours, mais le temps de me déshabiller, la sorcière aura stoppé mon intention. J'ai bien vu comment elle a envoyé valdinguer ce lycan, tout à l'heure.

Mes yeux bondissent de paillasse en paillasse, en rythme avec les coups de marteau que donne l'assistante pour casser les plaques rouges sorties du four. Si je pouvais trouver quelque chose pour aveugler Olivia, juste quelques secondes, pour me permettre de la neutraliser. Le docteur Molina remplit plusieurs tubes de mon sang, et malgré ce temps imparti, je ne repère rien d'utile. D'autant que la tête commence à me tourner dangereusement.

— Voilà, j'en ai assez pour l'instant.

Je me relève de quelques centimètres, mais mon postérieur ne l'entend pas de cette oreille. Il retombe avec violence sur le tabouret. Le trop-plein d'émotions, associé au fait que je n'ai quasiment rien mangé ce soir, me rend aussi faible qu'une enfant.

Deux mains, que je n'identifie pas, me rattrapent, pour m'empêcher de m'écrouler au sol.

— Vous en avez trop pris ! s'énerve Olivia.

— Non, non ! s'alarme le docteur. Je vous assure, madame Romero. C'est une quantité tout à fait raisonnable.

— Si seulement je n'avais pas autant besoin de vous, je vous jure que...

La fin de sa phrase se désagrège dans les méandres de mon cerveau embrumé. La nausée, accompagnée de petits points blancs qui dansent devant mes yeux, annonciateurs de perte de connaissance, s'empare de mon corps.

Je ne lutte pas.

Beaucoup trop faible.

Trop triste, trop désemparée, et totalement découragée.

J'ai l'impression que toute cette histoire ne s'achèvera jamais.

Sauf si je meurs, peut-être...

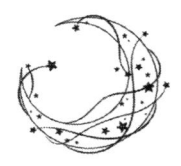

Nolan

— Y a rien qui t'a choqué dans c'qu'a baragouiné Romero ? grogne Devon dans mon dos.

À travers la vitre, en bas, le chef du cartel dans son costume blanc dispense des ordres à ses hommes. Aux gestes qu'il leur adresse, j'en déduis qu'il leur demande de retirer les corps endormis par le fumigène.

— Tu fais référence au fait qu'Eyana aurait dû être sa fille, je suppose ?

— Tu l'savais ? s'énerve-t-il en tirant sur mon bras, pour me forcer à lui faire face. Bien sûr que tu le savais ! Si ça se trouve, vous avez même tout organisé depuis des années. Ray était comme un père pour toi. Il a dû te présenter Eyana il y a longtemps. Vous roulez pour Romero, c'est ça ?

Je le dévisage, scotché par tant de conneries. Je crois que mon Président est en train de perdre la boule. Il fait peine à voir, avec ses cheveux en bataille, ses traits tirés, et son regard à moitié éteint. Je ne reconnais pas le lycan combatif et confiant, qui a mené le M.C. à la victoire contre Romero, il y a encore quelques semaines. Les loups solitaires deviennent dangereux, à la fois pour eux-mêmes et pour les autres. Mais Devon n'entre pas dans cette catégorie. Il a une meute. Il en est même le chef. Qu'est-ce qui ne tourne pas rond, chez lui ?

— Calme-toi, Prez'. Tu es en train de divaguer complètement, là.

— Je t'interdis de m'dire de me calmer. J'me calme si j'veux. C'est clair ?

Ses yeux virent au jaune flamboyant. Je refuse de me battre contre lui, même si mon loup m'intime de prendre le dessus. Ce qui, j'en suis convaincu, ne serait pas très compliqué. Il me donne l'impression d'être si faible, si fatigué, que j'ai juste envie de lui dire de rester là, en attendant que les choses se tassent. Mais j'ai besoin de lui pour retrouver Eyana et combattre notre ennemi commun, qui se trouve dehors. Inutile de s'en inventer un à l'intérieur de ce bureau. D'autant plus que seul, je ne pourrai jamais vaincre Romero et toute sa clique.

— OK ! tempéré-je en lui montrant mes paumes. Tu t'énerves si tu veux, mais l'idéal serait de diriger cette rage vers Romero. Parce que je ne comprends pas bien le scénario que tu as tissé dans ta tête, mais je t'assure que tu fais fausse route.

— Alors, explique-moi ! Toi qui couches avec elle, pourquoi tu restes aussi calme face à c'qu'il vient de dire ?

— Parce que j'ai confiance en Eyana. Elle ignore un max de trucs sur elle-même. Je suis certain qu'elle n'est au courant de rien. Maintenant, si tu veux bien, on va sortir d'ici, délivrer tout le monde, et cramer cet endroit comme tu l'envisageais. Est-ce que je peux compter sur toi ?

Ses yeux s'obscurcissent, pour retrouver leur couleur habituelle.

— C'est toi qui aurais dû reprendre les rênes du club, pas moi.

J'analyse la situation quelques secondes, en me repassant les dernières minutes dans ma tête. Je ne crois toujours pas avoir l'âme d'un leader, ou en tout cas, je ne l'avais pas jusqu'à ce que mon loup se sente complet. Seulement, le mettre en avant dans un moment pareil n'aidera pas mon Président.

— Tout le monde a voté pour toi, Prez'. Et du fond de ma cellule, moi aussi.

Mon petit rappel de la situation semble l'enhardir. Il s'approche à son tour de la fenêtre, pour regarder en bas.

— Romero a disparu, détaillé-je. Il ne reste que quatre gars en faction. À nous deux, on peut se les faire.

— Ouais, mais le temps de descendre l'escalier, ils vont forcément nous repérer.

— Il nous faut une diversion.

Devon se retourne pour examiner la pièce.

— Ouvre la fenêtre, déclare-t-il en saisissant une des chaises.

Je m'exécute, et il l'envoie valser plusieurs mètres plus bas. Elle s'écrase sur un des véhicules blindés, ce qui les alerte automatiquement. Comme un troupeau de moutons bien ordonné, ils filent voir ce qui se passe, et nous en profitons aussitôt pour sortir et dévaler les marches le plus vite possible.

— Là ! hurle un des gardes en appuyant sur la détente.

Une pluie de balles s'abat sur nous. Nous ne les évitons que par miracle. Je saute par-dessus la rambarde, tous crocs dehors, et saisis le plus proche à la gorge. J'ai de plus en plus de mal à contrôler mon loup. Il s'en faut de peu pour que le lycan meure sous mon assaut. Je n'ai jamais ôté une vie, et je compte bien retarder ce moment le plus possible. Cette volonté l'emporte contre la férocité de mon loup. Par chance, je m'arrête *in extremis*. Je perçois encore les battements de son cœur qui pulse. Par contre, ses collègues n'entendent pas nous laisser la vie sauve. Du coin de l'œil, j'aperçois l'un d'entre eux, qui lève sa mitraillette dans ma direction. Sans réfléchir, comme je tiens toujours le pauvre bougre dans mes bras, un réflexe de survie me force à le positionner entre moi et les balles. Quand le percuteur claque dans le vide, je lâche mon bouclier improvisé pour saisir l'arme tombée au sol. Je vise les jambes de mon adversaire, qui s'écroule en hurlant. Devon, de son côté, a déjà neutralisé les deux autres. Il se jette alors sur le blessé pour l'achever en lui arrachant la gorge d'un simple coup de griffes.

La double porte en métal entre la cour et la zone où ont été conduits Eyana et les autres est encore fermée. Je suppose qu'ils n'ont plus beaucoup de lycans capables de défendre l'enceinte. Sans quoi, ils ne resteraient pas cloîtrés comme des couards.

Sans nous concerter, nous récupérons quelques flingues, avant de courir en direction du camion le plus proche.

Travailler dans un garage nous a permis à tous d'acquérir certaines compétences, comme celle de savoir démarrer n'importe quel véhicule en toutes circonstances. En plus, grâce à notre force surhumaine, aucun bout de plastique, même bien vissé, ne nous résiste. J'arrache donc le cache, connecte les fils entre eux et le moteur s'emballe.

— Défonce-moi ce portail. J'ai hâte de me retrouver face à Romero, de le tenir fermement entre mes pattes, pour séparer sa tête de son corps.

J'approuve silencieusement. Car même si nous ignorions que le chef du cartel en personne serait présent ce soir, cette surprise de taille ne fait qu'exalter notre haine.

Et par extension, notre besoin de le détruire.

Je connaissais très peu Bryan, mais il m'avait l'air d'un gars bien. Quant à Gaby, sa solitude trouvait souvent écho avec la mienne. Au-delà du sexe, les années nous avaient rapprochés. Elle était devenue une amie, une confidente aussi parfois. Sa douceur et sa compassion faisaient d'elle une personne touchante, sensible, qui me donnait envie de la protéger. J'ai failli à cette mission que je m'étais secrètement attribuée.

J'enclenche la vitesse et appuie sur l'accélérateur. Le peu de distance m'oblige à conserver le frein enfoncé jusqu'à ce que le moteur soit bien lancé. Enfin, quand je juge la puissance suffisante, je libère les chevaux qui hennissent de joie sous le capot. Dans un fracas digne d'un coup de tonnerre, le métal cède sous l'assaut du camion. En simultané, une nouvelle bourrasque de balles se déploie autour de nous. Par réflexe, Devon et moi nous cachons derrière le tableau de bord.

— Arrêtez, bande d'imbéciles ! Vous avez déjà oublié que tous nos véhicules sont blindés, ou quoi ? Ce n'est pas possible d'être entouré d'une telle bande d'amateurs.

— C'est Sullivan, m'informe Devon en se relevant. Il est si sûr de lui, qu'il n'est même pas armé, ce con ! Je te laisse tous les autres, mais celui-là, au même titre que Romero, il est à moi.

— Si tu veux, soufflé-je peu convaincu.

— Sortez ! Vous n'êtes que deux, et nous sommes trois fois plus nombreux, déclare-t-il en écartant les bras pour indiquer les gars autour de lui. Vous n'avez aucune chance.

Nous observons les lieux. Des cages, le long des murs de chaque côté de la zone, renferment nos frères, nos alliés, ainsi que d'autres victimes du cartel. Et même si ce sont des vampires, les voir dans cet état, si affaiblis, me met dans une rage noire. Eyana m'a parlé de son ami Jeremiah. Je n'ose imaginer ce qu'elle a ressenti face à un tel spectacle.

Impossible de faire feu tous azimuts. Nous devons soit viser juste du premier coup, soit foncer dans le tas en espérant arriver jusqu'à eux sans prendre une balle.

— Tu tires mieux que moi, chuchote Devon en baissant la tête pour éviter que quiconque devine ce qu'il dit. À trois, tu sautes, tu te planques sous le camion, et tu en explose un max pendant que je m'approche pour les achever au corps à corps.

Je ne vois pas de meilleur plan. Alors, j'approuve.

Il défait son jean, retire ses bottes, prêt à se transformer en quelques secondes. Puis, à l'abri des regards, avec sa main gauche posée sur la banquette, il lance le décompte.

Trois. Deux. Un.

J'ouvre la portière, puis je me laisse tomber au sol. Les balles fusent déjà autour de moi. J'exécute un roulé-boulé pour me planquer sous le châssis, avant d'appuyer à mon tour sur la détente. J'ajuste mes tirs le plus possible, mais dans l'urgence, difficile de conserver mon calme. Trois gars s'écroulent, puis un quatrième. Lorsque Devon s'élance, la panique m'envahit totalement. Sans compter Sullivan, il n'en reste qu'un. Je ne réfléchis plus. Je ne vise plus. Je me contente de déverser un geyser de balles.

Advienne que pourra...

Tout ce qui importe désormais, ce sont nos vies. La place n'est plus au sentimentalisme. Le dernier chute à son tour, quand un des mecs déjà à terre s'empare de son arme. Le bras tendu dans ma direction, je tire. Sa tête est propulsée vers l'arrière, puis plus rien. Il reste immobile, et moi aussi, complètement tétanisé, le doute et la trouille vissés au bide. J'espère que je ne l'ai pas tué...

Lorsque des cris me parviennent. Faiblement d'abord, puis de plus en fort. Ils me sortent de ma torpeur.

Devon se bat contre Sullivan. Un loup noir corbeau, plus grand et plus massif que le brun. Dans certaines circonstances, un gabarit plus fort est un atout, mais en combat rapproché, ce n'est pas toujours une évidence. D'ailleurs, j'ai l'impression que Sullivan le sait parfaitement. Il laisse Devon se fatiguer pour mieux l'attaquer ensuite.

Je sors de ma cachette, avec l'idée de tirer sur Sullivan, mais Devon a été clair. Il veut s'en charger lui-même. Alors, dans un concert de couinements et de grognements, je me dirige vers les cages pour libérer tout ce petit monde.

— Vous savez où se trouve la clé ? demandé-je d'une voix forte.

— Romero les a gardées avec lui, me lance Luke.

— OK. Je vais essayer un truc.

Je positionne mes mains sur la serrure qui retient Luke et Ty, puis je me concentre pour former une boule de feu tout autour. Celle-ci se met à fondre, trop lentement à mon goût. L'énergie que me demande cette action est colossale. Au mieux, je pourrai renouveler la manœuvre une ou deux fois, pas plus. Enfin, elle cède, et Ty, qui a déjà retiré ses fringues, court aussitôt en direction du duel derrière moi. Devon ne va pas être content, mais en même temps, Tyler ne lui a rien promis, contrairement à moi.

— Tu devrais aussi te métamorphoser, je pense,

proposé-je à Luke, en attaquant la serrure de la cage à côté. Tu seras plus fort et plus rapide en cas de besoin.

— Je ne sais pas si je vais y arriver, marmonne-t-il.

L'espace d'un instant, j'avais oublié son problème d'addiction et les répercussions sur son loup.

— Par contre, s'exclame-t-il en s'élançant vers un des types que j'ai assaisonnés et qui rampe discrètement en direction d'un flingue, je peux finir de neutraliser tous ces cons !

J'esquisse un demi-sourire, et m'empresse d'attaquer la serrure suivante, pour libérer Clint et Grizzli. À bout de forces, il ne reste pas grand-chose pour qu'elle cède.

— Pousse-toi, m'ordonne Grizzli.

Il donne un grand coup de pied dans la porte qui s'envole sur plusieurs mètres. L'avantage de posséder une force encore plus impressionnante que le commun des lycans.

Mamba s'apprête à son tour à se jeter dans la bataille contre Sullivan, quand s'élève un couinement de douleur bien plus long et puissant que les précédents. Mon cœur bondit dans ma poitrine. Je me retourne en direction de l'arène improvisée, où je découvre Devon, la gueule dégoulinante de sang. Le corps sans vie de Sullivan reprend sa forme humaine. Notre Président quitte également son costume de loup et se relève, un rictus satisfait imprimé sur son visage.

— Au suivant, déclare-t-il. Où est Romero ?

Entre la traînée d'hémoglobine qui court de ses lèvres jusque sur son torse, ses cheveux hirsutes et son sourire carnassier, il a vraiment l'air d'un psychopathe. Sans parler de ses yeux qui restent jaune flamboyant. Ce détail est d'ailleurs le plus inquiétant.

Je repense alors à la façon dont il s'est noyé en élucubrations toutes plus dingues les unes que les autres, tout à l'heure, dans le bureau. Cette association d'idées combinée à la vision qu'il nous offre maintenant me peine autant qu'elle m'effraie. J'espère me tromper dans mes déductions. Parce qu'un lycanthrope qui perd la raison devient un lycanthrope incontrôlable.

C'est pire que s'il contractait la rage...

— Avant de dénicher cet enfoiré, je veux savoir où est Eyana ? demandé-je à Luke, qui finit de saucissonner les derniers survivants du cartel.

— La sorcière de Romero, une brune à l'air guindé dans son tailleur, l'a emmenée vers le fond.

D'un coup de menton, il m'indique l'immense structure recouverte de bâches plastiques opaques.

Grâce à sa description, je reconnais la grande girafe qui accompagnait Romero lors de son meeting. Je n'ai pas trop prêté attention à elle, mais le peu où je l'ai observée, elle m'a semblé froide, cruelle et déterminée. Abandonner Eyana en sa compagnie ne me dit rien qui vaille. C'est même au-dessus de mes forces.

— On la cherchera après avoir neutralisé tout le monde, gronde Devon. Ce n'est pas toi qui donnes les ordres.

Il aura suffi de ces quelques mots pour que je comprenne à quel point il n'est plus possible de lui laisser le commandement. D'ailleurs, je ne dois pas être le seul à le penser. Mamba aussi le dévisage, comme si ce qu'il venait de dire n'avait aucun sens. Nous avons toujours fait passer la sécurité des nôtres avant le combat ou la vengeance. La loyauté est un pilier sacré au sein du club, et de la famille.

— Eyana est ma priorité, affirmé-je le plus posément possible, pour éviter d'envenimer la situation.

— Et tuer Romero est la mienne, grogne-t-il en s'avançant vers moi.

S'il pensait que j'allais reculer et me soumettre, c'est raté. Je sens mon loup se dresser, prêt à intervenir. Cette sensation m'enhardit, moi qui n'ai jamais fait de vagues auparavant. Nos nez se touchent presque. Je le fixe dans ses prunelles jaunes, en cherchant le peu de lucidité qui doit subsister quelque part dans son esprit.

Peine perdue.

Je n'en vois aucune.

Nous avons un problème.

Problème que j'aurais préféré mille fois éviter.

Eyana

— Je ne peux pas procéder ici ! Il faut la ramener à Albuquerque. Il n'y a que dans mon officine que je pourrai reproduire ton pendentif. Molina m'a déjà envoyé son rapport par mail, au sujet de son sang. Et le démon qui pourra manipuler le scandium est enfermé dans son piège. Tout est prêt, Tylio. Nous devons partir au plus vite.

Même si je suis encore dans le cirage, j'identifie parfaitement la voix d'Olivia.

— Ce n'est qu'une question de minutes, ma déesse. Reste calme. Nous allons rejoindre l'hélicoptère sur le toit, mais pour l'instant, l'accès est dangereux. Dès que Sullivan revient, nous prendrons notre fille et nous quitterons cet horrible pays.

Je peine à reconnaître l'homme avec qui elle discute. J'entrouvre les paupières. Il me tourne le dos, mais son crâne complètement chauve, sa stature fine, guindée dans un costume clair, ne laisse planer aucun doute. Romero. J'en profite aussi pour examiner rapidement les lieux. Allongée sur un canapé, je crois que l'on m'a installée dans une salle de pause, un peu comme on en voit dans les entreprises. Il y a des chaises, deux grandes tables rectangulaires, un distributeur de sandwichs et un autre de boissons.

— Oh, je t'en prie ! Arrête de dire qu'Eyana est notre fille. Elle ne le sera jamais. C'est trop tard pour ça, maintenant.

Je ne comprends rien. Comment peuvent-ils envisager une seule seconde que je puisse être leur fille ?

— Elle est consciente, annonce Romero comme une évidence, en me regardant.

Plus besoin de jouer la comédie. J'ouvre les yeux, et entreprends de me relever, lorsque le chef du cartel s'approche pour m'aider.

— Prends ton temps. Comment te sens-tu ?

Je dois être complètement à la masse, j'ai l'impression de détecter une sorte d'affection paternelle dans ses prunelles bleues, presque translucides.

— Comment saviez-vous que j'étais consciente ? Vous ne me regardiez même pas ?

Il sourit, et dévoile ses dents du bonheur qui m'inspirent tout sauf de la joie.

— C'est un de mes dons, ma grande. Je te rappelle que je suis un originel. Je suis télépathe. Je peux lire dans ton cerveau comme dans un livre ouvert. Il n'y a que les sorcières et les vampires qui peuvent me résister.

Je déglutis, mal à l'aise face à cette idée.

— Est-ce que tu te sens mieux ? m'interroge Olivia, à son tour. Une boisson chaude te ferait du bien. Tu veux quelque chose ?

Je secoue la tête.

— Tout ce que je voudrais, ce sont des explications.

Olivia actionne malgré tout le distributeur, et m'apporte un café, qu'elle pose sur une des tables.

— Asseyons-nous. Nous serons plus à l'aise pour discuter. Je t'ai promis de répondre à toutes tes questions, et je vais tenir mon engagement.

Romero faufile sa main sous mon bras, puis m'accompagne jusqu'à une chaise, avant de faire glisser le gobelet vers moi.

— Vous n'avez pas besoin de moi pour évoquer tous ces vieux souvenirs. Je vais vous laisser entre femmes, et m'assurer que Sullivan gère bien la situation.

L'originel coule un regard plein de tendresse dans ma direction, avant de quitter la pièce. Je ne pense pas que lui me veuille du mal, mais je ne peux pas en dire autant de la sorcière assise juste à côté de moi.

— Du sucre ? me propose-t-elle en me montrant deux sachets et une touillette au creux de sa main.

Je m'empare du tout, et verse exceptionnellement un peu de poudre blanche dans ma boisson.

— Je vous écoute.

— D'accord. Je crois qu'il vaut mieux commencer par ma rencontre avec ta mère. À l'époque, je tenais une petite échoppe dans le centre d'Albuquerque. Je vendais des grigris aux touristes, en plus de leur lire leur avenir dans les cartes. Puis, un jour, Holly est entrée, en me priant de l'aider à tomber enceinte. Sa requête était très spécifique. En tant que métamorphe, elle voulait un enfant loup-garou. Tylio et moi venions de perdre notre bébé. J'étais encore sous le choc. Je n'avais repris le travail que pour me changer un peu les idées. Je lui ai donc demandé ce qu'elle était prête à accomplir pour ça, car je ne connaissais qu'une façon d'y parvenir. Et elle incluait quelques sacrifices. Holly m'a répondu qu'elle était prête à tout. Qu'elle était très amoureuse d'un lycanthrope, et qu'elle voulait un enfant de lui.

— Ray, soufflé-je.
— En effet.
— Qu'avez-vous fait ?
— La seule chose que je savais faire dans ce genre de circonstance. Mais avant, j'ai conclu un accord avec ta mère. Elle désirait tellement un bébé loup-garou, que je lui ai demandé ce qu'il adviendrait du petit, si jamais celui-ci était un métamorphe.
— Qu'a-t-elle répondu ? m'inquiété-je.
— Rien. C'est ce qui m'a le plus terrorisée. Elle est restée muette comme une carpe. Alors, je lui ai proposé un accord. Si l'enfant était un métamorphe, elle me le confierait. Et dans le cas où il serait un lycanthrope, elle pourrait le garder.
— Mais, que ce soit chez les métas ou chez les garous, les mutations ne commencent que vers

l'âge de 12 ou 13 ans, environ. Ça veut dire que vous étiez prête à séparer une famille juste pour satisfaire votre envie d'être mère.

— Et que crois-tu que Holly a répondu ? Parce que tu t'indignes de mon comportement, mais songes-tu un seul instant à sa réaction ?

Je marque un temps d'arrêt. Stupéfaite, et aussi très inquiète.

— Elle n'a pas pu accepter, hoqueté-je.

— Je te sens beaucoup moins sûre de toi.

Je déglutis. Puis, je me souviens alors que l'enfant en question, c'est moi, « son petit miracle ». Se peut-il qu'elle ait changé d'avis ? Est-ce la raison de notre tentative de fuite pour Las Vegas, juste après ma première transformation, à l'âge de huit ans ? Ça expliquerait cette panique qu'elle ressentait à ce moment-là.

La vitesse et surtout... l'accident.

Par contre, j'ignore toujours pourquoi ma nature s'est révélée aussi tôt.

— Alors ? me brusque Olivia.

Je sens que ça l'agace de remuer ces vieux souvenirs. Je dois faire preuve de tact et de délicatesse, si je veux tout savoir. Car visiblement, la version que m'a racontée Shirley, et qu'elle tient de Ray, s'avère *a priori* bien différente de celle vécue par ma mère. J'ai même tendance à penser que Ray ignorait tout de cette partie de l'histoire. Et s'il l'a appris à un moment donné, y a-t-il vu là un motif de rupture ? Est-ce la raison pour laquelle ma mère a aussi cherché à le séparer du club et à lui faire quitter Albuquerque ?

— Je t'ai perdu, on dirait, renchérit Olivia.

— Je réfléchissais... Mais il est clair qu'elle a accepté, puisque je suis ici, concédé-je.

— Effectivement !

— Que s'est-il passé, ensuite ?

Elle se racle la gorge, puis se redresse, avant d'enchaîner.

— Je lui ai donné rendez-vous deux jours plus tard. J'avais besoin de ce délai pour réunir tous les ingrédients nécessaires à l'invocation d'un démon. À ma connaissance, il n'y a qu'eux qui sont capables d'accomplir un tel acte. Et c'est bien normal, vu le prix qu'ils en demandent.

Elle tente de masquer un rire sournois, mais c'est peine perdue. J'ai très envie de la molester, toutefois, le risque qu'elle se braque et se taise à tout jamais est trop grand. D'autant que j'entends du grabuge au loin, accompagné de hurlements plutôt inquiétants. Heureusement que les sorcières ne sont pas dotées d'une ouïe aussi exceptionnelle que les lycans ou les métas. Cependant, je soupçonne mes amis de ne pas y être étrangers. Si tel est le cas, il me reste peu de temps pour la faire parler. Hors de question que je monte dans cet hélicoptère avec eux.

— Alors ? demandé-je d'une petite voix, pour qu'elle paraisse aimable.

J'ai l'impression de surjouer. Toutefois, comme elle continue, je suppose que je ne suis pas une si mauvaise actrice que ça.

— Quand Allan est apparu – Allan, c'est le démon que j'ai invoqué –, il a expliqué à Holly ce qu'il voulait en échange. Elle n'était pas très encline à lui céder, mais il a su trouver les mots justes, comme tout bon démon qui se respecte. Il a prétexté que ça rendrait l'enfant plus fort et que ça multiplierait les chances qu'il soit un loup-garou. Quel filou, cet Allan !

— Qu'est-ce qu'il a demandé ?

Je tourne la touillette en plastique entre mes doigts pour m'aider à gérer la tension qui m'habite. Un exutoire bien mince, comparé à la rage qui chante dans mes veines. Je sens bien qu'elle a scellé un pacte avec ce démon elle aussi, et ce, dans le dos de ma mère.

— Eh bien, son âme pour commencer, jusque-là rien d'anormal. Ensuite, il l'a convaincue de boire de son sang régulièrement, tout au long de sa grossesse. Oh ! Une goutte par jour, seulement. Et pour renforcer les probabilités, il lui avait confié l'artefact que tu as autour du cou. Elle devait le porter les dix premières années de ta vie. Après, elle devait te l'offrir.

— D'accord ! m'emporté-je. Ça, c'est la version édulcorée. Maintenant, je veux savoir ce que vous aviez comploté tous les deux dans son dos, et quelles sont les réelles répercussions que de tels actes ont eues sur ma mère et moi ?

Olivia porte une main sur son cœur, en ouvrant grand la bouche. Ses lèvres carmin forment un « o » parfait. Dans d'autres circonstances, elle aussi pourrait remporter l'oscar de la meilleure actrice. Or, là, ça sent le plan foireux à des miles. Profiter d'une femme désespérée, qui ne songe qu'à enfanter, pour fonder une famille avec l'homme qu'elle aime. Je trouve ça tellement minable !

Je penche la tête sur le côté, en pinçant les lèvres.

— Tu es beaucoup moins naïve qu'elle, à ce que je vois.

— Qu'avez-vous manigancé ? Dites-moi la vérité. Je vous rappelle que vous vous y êtes engagée.

— C'est vrai, tu as raison. Tu te souviens que je t'ai expliqué que Tylio et moi venions de perdre un bébé ?

J'opine.

— C'était une chance pour nous deux. J'ai convaincu le démon de faire de toi une métamorphe. Ainsi, ta mère aurait un enfant, durant quelques années, et nous, nous aurions pris le relais jusqu'à ta majorité. D'autant que grâce à la potion d'amarante, j'ai quand même pu te voir grandir et apprendre à te connaître. Ça a été un tel déchirement pour moi de te perdre, si tu savais.

Elle essaie d'attraper ma main, en vain. Je me dérobe juste à temps.

— Et ensuite ? Vous espériez quoi ? Qu'une fois adulte, je choisisse volontairement de rester avec vous ?

— Plus ou moins, oui, avoue-t-elle.

— Bien sûr... Et il est évident que de vivre un abandon de la part de ma mère ne m'aurait pas du tout influencé. Vous êtes malade ou quoi ?

Je bondis de ma chaise, et la surplombe de toute ma hauteur. Olivia ne me regarde pas. Au contraire, elle baisse la tête.

— Assieds-toi, m'ordonne-t-elle d'une voix bien

trop calme, et ne me manque plus jamais de respect comme ça.

Une légère bourrasque s'élève dans la pièce, qui s'emplit de magie. La peau de la sorcière crépite et scintille. Si je veux avoir le dessus sur elle, je vais devoir l'empêcher d'utiliser ses pouvoirs. Consciente du danger, je m'exécute à contrecœur.

Le silence s'installe quelques secondes, mais le vacarme que j'entends au loin me rappelle que le temps presse.

— Est-ce que c'était dans vos projets, à Allan et vous, que je me transforme si jeune la première fois ?

— Non, affirme-t-elle en plongeant ses yeux verts dans les miens. C'est malheureusement une des conséquences du sang de démon. Je ne l'ai su que bien plus tard. C'est aussi pour cette raison que ta mère a paniqué. Quand c'est arrivé, elle s'est tournée vers sa seule amie et confidente. Sa voisine, Liv. Elle m'a appelée. Entre-temps, Tylio avait pris du galon au sein du cartel. En partie grâce à moi, je dois bien le reconnaître.

Ça y est ! Elle n'en peut plus d'extase, tellement elle trouve son plan génial. Sauf qu'elle oublie un détail. J'ai grandi loin d'eux.

— Je lui ai prodigué le seul conseil qu'une véritable amie dans cette situation lui aurait donné.

— Fuir.

— Noooon ! Bien sûr que non. Je lui ai recommandé d'appeler la sorcière à l'origine de ta naissance. Mais elle a refusé. Elle m'a dit qu'elle t'aimait trop pour t'abandonner maintenant. Qu'il était trop tard, et qu'elle avait commis une erreur en acceptant. Après, tu connais la suite.

— L'accident... soufflé-je.

— C'est ça. C'est ce qui arrive lorsqu'on ne respecte pas un pacte passé avec un démon. Il prend son dû, qu'on le veuille ou non.

Le peu de café que j'ai ingurgité, trop sucré à mon goût, remonte le long de mon œsophage. J'ai envie de vomir. Toute cette histoire m'écœure au plus haut point. Comment ma mère a pu se montrer aussi naïve ?

— Bien. Maintenant que tu sais tout, je suppose que tu vas pouvoir nous suivre sans discuter. Surtout si tu tiens à revoir tes amis sains et saufs.

Elle cherche à se jouer de moi. Encore. Mais je ne suis pas ma mère. Elle se lève, attrape son sac à main posé sur la table, et je l'imite. Je tripote une fois de plus la touillette. J'attends ce moment depuis qu'elle me l'a proposé. Bien serrée dans ma paume, je laisse le bout dépasser de mon poing, quand, d'un geste vif, je la lui plante dans l'œil.

Devon

Putain ! À quoi il joue, l'Smoke ? Il m'prend le chou à vouloir tout commander. S'il croit qu'en plus de lui laisser Eyana, je vais lui céder mon club, il se fourre le doigt dans l'œil bien profond.

OK, j'ai bien compris que mon con d'loup s'est encore vautré en me faisant tomber amoureux d'elle. Mais ma présidence, elle, je l'ai méritée. Surtout après tout ce que j'ai fait pour couvrir Ray et Smoke, en jouant la taupe pour Romero. Pour les protéger, eux, leurs familles, ainsi que Kirby, qui était toujours clairement menacée malgré la mort prématurée de son père, en taule. C'est pour cette raison que je ne voulais ni femme ni enfants, et encore moins d'attaches. Ce ne sont que des maillons faibles, qui permettent à nos ennemis d'appuyer sur les bons boutons pour nous foutre à terre.

— Qu'est-ce qu'il y a, Smoke ? Maintenant que

tu crois pouvoir devenir un vrai alpha, tu envisages de te battre contre moi ? Eyana ne te suffit pas ? Tu veux aussi ma place, c'est ça ?

Je sens le poids du regard de mon meilleur ami, à ma gauche.

— Et toi, Mamba ? l'interpellé-je sans bouger d'un millimètre. Tu dis rien. T'as pas une remarque sarcastique à claquer ?

— Dev', chuchote-t-il en s'approchant avec précaution, les paumes à hauteur des épaules. Je crois que tu es sous le coup de l'adrénaline, là. Tu devrais peut-être prendre quelques secondes pour te calmer.

Mon corps, toujours à quelques centimètres de celui de Smoke, je décolle mes prunelles des siennes, pour tourner lentement la tête vers Luke, qui se tient légèrement en retrait dans mon dos. Je crains qu'il ne m'attaque par-derrière. Je suis donc forcé de me décaler d'un pas, si je veux maintenir une part de mon attention fixée aussi sur Smoke. Prudence est mère de sûreté. Je n'ai plus confiance en personne à cet instant, sauf en Mamba, peut-être.

Seulement, nous sommes dans une impasse, désormais. Il ne reste qu'une solution. Le combat, qui ne pourra se solder que par la mort de l'un d'entre nous.

Pas de vote.

Pas de seconde chance.

Trop de secrets.

Trop de non-dits.

Si tout était révélé au grand jour, le club n'y

survivrait pas. Il exploserait, et les dommages collatéraux seraient colossaux. Que ce soit pour chacun d'entre nous, ou pour nos proches.

Tyler aussi m'observe comme si j'avais perdu la raison. Mais j'suis pas fou ! Je vais le leur prouver. Je sais c'que j'ai à faire, nuance. Je dois éliminer Romero, pour assurer un avenir paisible au club. L'idée d'Eyana, bien qu'elle me semblât irréalisable au début, me paraît tout à fait viable aujourd'hui. Le garage tourne bien. On pourrait presque tenter d'en lancer un second. En tout cas, dans quelques mois, si l'agenda continue de se remplir aussi vite, il faudra y songer sérieusement. Le bar va rouvrir ses portes dans une ou deux semaines, et j'ai repéré plusieurs fonds de commerce à racheter. Si on n'élimine pas le cartel, rien ne les empêchera de tout dynamiter, à nouveau.

— OK ! Visiblement, vous pensez tous que j'ai perdu les pédales. Mais je vous ferais remarquer que si Smoke ne s'interposait pas en voulant sauver sa dulcinée, on serait tous déjà sortis d'ici.

— Pas sans Eyana, renchérit Smoke.

Je grogne. Il dépasse les bornes. Je lui envoie mon poing dans les gencives, avant de me transformer à la vitesse de l'éclair. Bien campé sur mes pattes, je jubile en le voyant cracher une écume de sang. Puis, il échange un regard contrit avec mon V.-P. Je grogne à nouveau, pour marquer mon impatience.

— Pendant ce temps, essayez de libérer les autres, ordonne-t-il à Mamba, en se déshabillant.

Cette prise de pouvoir anticipée m'arrache un

hurlement. À peine a-t-il adopté sa forme lupine que je lui fonce dessus. Aussitôt, je vise son cou, pour tenter de l'achever le plus rapidement possible. Je ne veux pas épuiser mes forces avec ce con. Je ne l'ai jamais affronté, aussi, j'ignore toutes ses faiblesses. Évidemment, même si la réciproque est vraie, j'ai d'autres combats à mener aujourd'hui. Lui, si j'y reste, il aura juste à sauter Eyana une fois de plus, quand il l'aura retrouvée. Cette pensée galvanise ma hargne. J'entends ses dents claquer dans le vide autour de moi. Je bondis. J'évite ses crocs de justesse à plusieurs reprises.

Il a la gnaque, l'enfoiré.

Heureusement, avec son gabarit presque équivalent au mien, il se fatigue vite, aussi. Enfin, je trouve une ouverture. J'en profite. Les pattes en avant, je le pousse sur le côté, et il s'écroule en couinant sous mon poids. Posté sur son poitrail, je le domine de toute ma stature, prêt à mettre un point final à sa vie, mais c'est alors que je croise ses yeux.

Exorbités.

Il ne me regarde pas.

Il fixe autre chose.

Autre chose au-dessus de mon épaule droite.

Ses prunelles passent en un instant du noir profond au bleu azur. D'un coup de reins magistral, il se dégage de ma prise, et saute sur un lycan gris foncé, d'environ deux mètres de haut, mi-homme, mi-loup, aux iris rouge vif. Romero. Un éclat doré autour de son cou attire mon attention. Une chaîne avec un pendentif en cristal, je crois.

Il m'attaquait par-derrière, le fumier. Cela ne le gênait pas le moins du monde, lui. Nous jouons avec des cartes identiques, l'originel et moi. Mais Smoke, lui, est plus honnête. Plus loyal aussi. Car même en situation de faiblesse, il a trouvé le moyen de me protéger.

Surpris, Romero n'a pas le temps de réagir. Smoke l'attrape à la gorge. Seulement, d'un coup de bras bien placé, il s'en dégage et l'envoie valser à plusieurs mètres de distance. Je m'aperçois alors que pour nous atteindre, il a d'abord dû affronter Luke, Mamba, Ty et Grizzli. Tous les quatre sont bien amochés. Surtout Tyler, qui ne bouge plus, ainsi que Luke. Il remue légèrement, en bougonnant, tout juste conscient. À cause de son manque de connexion avec son loup, il peine à cicatriser.

Smoke se relève, doucement. Ses pattes flageolent. L'originel a dû toucher un organe vital. Je m'apprête à prendre le relais, quand Smoke émet un hurlement. C'est entre le loup et le lion. Son corps tout entier se met à trembler. Sa silhouette se modifie progressivement. Je cligne des paupières plusieurs fois, tant je ne crois pas ce que je vois. Il quitte sa forme lupine au profit d'un physique plus humanoïde. Ses yeux, toujours d'un bleu cristallin, contrastent particulièrement avec sa fourrure noire.

Même Romero reste médusé face au spectacle. Il ne s'attendait sans doute pas à ce que Smoke se relève. Encore moins à ce qu'il change d'apparence. Je profite de ce moment d'inattention pour me jeter à mon tour sur mon ennemi de trop longue date. Il en perd l'équilibre, et je fonds sur sa gorge tous crocs dehors. Mais l'originel est plus agile que moi. Il plante ses griffes acérées dans mes côtes, et grâce à ses pouces enfoncés de chaque côté de mon sternum, il me soulève. La douleur est atroce. Elle me force à lâcher prise. Mes couinements explosent dans mes oreilles, et je vois alors le paysage défiler. J'atterris pas loin de Grizzli qui se déshabille pour se jeter de nouveau dans la bataille. Mais Smoke se montre plus rapide. Il court sur ses pattes arrière, en direction de sa cible. Sa puissance est telle que je sens le sol trembler. Arrivé à sa hauteur, Smoke lui décoche un coup de poing. Cela ne suffit pas à déstabiliser l'originel, qui riposte aussitôt. Le combat qui s'engage est à la fois surprenant et flippant. La brutalité du loup combinée aux gestes d'un humain. Des grognements résonnent, assortis de couinements et de claquements de dents.

Malgré tout, je ne compte pas rester là sans bouger, d'autant que mes plaies, bien qu'encore très douloureuses, ont cessé de saigner. Enfin, je crois… Peu importe. Mon frère vient de me sauver la vie. Sans lui, Romero m'aurait certainement déjà tué. De plus, vrai alpha ou non, l'originel est à moi.

Grizzli fonce dans les jambes de Romero. Grâce à sa force herculéenne, elles plient sous le choc. Déséquilibré, il tombe, emportant Smoke dans sa chute. Mamba aussi est prêt à intervenir. Posté dans son dos, il court, puis enfonce ses crocs directement dans sa nuque. À mon tour, je pousse sur mes pattes, pour rejoindre mon meilleur pote, et je l'imite en visant la gorge. Le sang gicle autour de nous. Mamba est le plus faible d'entre nous. Aussi, je sens la pression se relâcher, ce qui me force à redoubler de férocité. Heureusement, Grizzli maîtrise le bras gauche de l'originel, et Smoke le droit. Au bout de plusieurs longues minutes d'acharnement, Romero cesse enfin de lutter. Il n'émet plus aucun son.

Tous les quatre, nous libérons doucement le chef du cartel, tout en conservant les yeux sur lui. Je crois que comme moi, mes frères n'en reviennent pas. Nous reculons à pas comptés, dans une coordination presque parfaite.

Clint est le premier à reprendre forme humaine.

— Putain, les gars, on l'a fait ! On a vaincu un originel.

Il s'éloigne un peu, en direction du costume crème que Romero a abandonné au sol. Pendant qu'il fouille dans les poches, à la recherche des clés pour ouvrir les cages, une lumière violette, qui se dégage du pendentif de Romero, attire mon attention. Elle s'étend au point d'envelopper toute sa dépouille. Nul doute qu'il s'agit là d'un sortilège très puissant, d'autant que bizarrement, l'originel n'a pas encore repris son apparence humaine. Le sang qui recouvrait le sol autour de lui s'estompe. Il fait marche arrière, comme s'il retournait à l'intérieur de son corps.

Je n'en reviens pas de ce que je vois. Ses paupières papillotent sur ses iris rouges, ses narines frétillent, pendant que ses plaies se referment en quelques microsecondes. C'est impossible !

Pourtant, le voilà déjà debout. Nous sommes tous tellement surpris que personne ne bouge. Même lorsqu'il s'élance vers Mamba. Celui-ci a tout juste le temps d'envoyer le trousseau de clés en direction de Jesús et du farfadet, enfermés dans la cage la plus proche de lui, que l'originel le plante avec ses griffes. Une main au niveau d'une cuisse, l'autre à hauteur de ses côtes, il le soulève au-dessus de sa tête. D'un geste vif et puissant, il sépare ses jambes de son torse. Le sang qui jaillit lui dégouline dessus. Je n'oublierai jamais le craquement de ses os ni l'horrible bruit de succion... Romero jette les deux moitiés au loin, et mon cœur explose.

Je me fige. Incapable de bouger. Mes yeux exorbités se perdent dans les flaques rouges et les éclaboussures. Partout... Étalé là, devant de moi... Je n'en ai jamais vu autant... Mon meilleur pote...

Ce n'est pas possible. Mes pupilles suivent encore les tracés carmin, jusqu'à son visage. Mes jambes se dérobent, et mes genoux heurtent le sol. Je ne ressens pas la douleur. J'ai quitté mon corps.

Je ne suis plus qu'un amas de...

De rien...

Et de tout à la fois...

Puis tout à coup, c'est l'électrochoc. Une main posée sur mon épaule me sort de ma torpeur. C'est celle de Jesús.

— Devon. Nous avons encore tous besoin de toi.

D'autres voix m'assaillent, comme un écho sourd qui m'enveloppe.

— Devon ! Bouge ! Devon !

— Allez, Prez' ! m'interpelle Bolder, toujours enfermé derrière les barreaux. Reprends-toi !
— Allez !
— Ils ont besoin de toi ! répète Jesús. Veux-tu que je modifie un peu tes émotions pour... ?
Je ne le laisse pas finir.
— Non ! m'exclamé-je en me relevant.

Je n'identifie pas tous les timbres qui m'assaillent d'un coup. Ils ont au moins le mérite de me faire réagir. Je réalise que Grizzli, Smoke et même Luke, sont dans l'arène, pendant que le farfadet tente d'ouvrir les cages. Notre ancien junkie a retrouvé la connexion avec son loup. Je ne peux pas laisser Romero tuer d'autres membres de ma famille. Je dois intervenir. J'ignore combien de fois son bijou peut lui permettre de se relever, et je me fous de le savoir. Je l'affronterai jusqu'à la fin des temps s'il le faut. Même si de la façon qu'il a procédé avec Clint signifie que lui aussi possède une force au moins égale à celle de Grizzli, je lâcherai rien.

Comme s'il avait perçu mes pensées, il envoie valser Luke sans ménagement contre un mur, avant de se tourner vers moi. Luke ne couine pas au moment de l'impact. Son corps reprend juste sa forme humaine en touchant le sol.

Non, putain ! Pas le cadet de la meute. Ce n'est pas possible !

Toute la haine que je ressens s'emmagasine dans mon cœur et dans mes tripes. Je m'élance vers ma proie, et saute, pas pour atteindre son cou comme à mon habitude, même si au départ c'est ce que je pensais faire, mais pour lui enfoncer mes crocs sous les côtes. Si je peux endommager son foie, cela devrait l'affaiblir assez longtemps pour nous permettre de lui flanquer une seconde raclée.

L'espace d'une seconde, il a l'air désorienté. Il lève le bras, comme pour protéger sa gorge avant de se raviser. Trop tard. Mes canines déchirent sa chair, et je ne compte pas le libérer de sitôt. Grizzli, qui a enfoncé ses crocs dans son mollet, tire dessus pour le faire chuter à nouveau, pendant que Smoke lui assène une multitude de coups de poing. Quand enfin l'originel s'écroule, je lâche la pression, pour exécuter une torsion du buste qui me propulse sur son torse. À l'aide de ma patte, dont les griffes marquent des sillons de sang dans sa fourrure grise, je dégage le bijou maudit pour l'envoyer au loin, avant de fondre sur sa gorge.

Je continue à m'acharner sur sa carcasse pourrie, tandis que Romero a déjà repris sa forme humaine, sans doute depuis longtemps.

— C'est bon, Prez', m'intime Smoke, une main posée sur mon épaule. Il a eu son compte, cette fois.

Plusieurs minutes me sont encore nécessaires pour rassasier le monstre. Cet enfoiré a tué mon frère. Mon meilleur ami. Je n'entends pas le laisser se relever.

Lorsque je m'apaise enfin, à bout de forces, je découvre les cages ouvertes. Au loin, j'aperçois Tyler, qui s'appuie sur Bolder pour sortir. Je cherche Luke, sans succès. Par contre, au milieu des vampires, je vois Marlo et Glenn qui servent de béquilles à un autre djinn. Étant donné son gabarit, c'est certainement l'originel qu'ils espéraient retrouver. Tout le monde est en train de quitter l'entrepôt.

Jesús ordonne aux deux trolls d'emporter le corps de Clint.

— Il n'y a plus qu'à tout cramer, lancé-je à Nolan.

— Non, mon frère. Vas-y si tu veux, mais moi, je n'ai pas terminé. Il manque quelqu'un à l'appel.

— Eyana.

— Exact.

Je souffle, puis hoche la tête.

— OK. On enfile un fute et je t'accompagne.

Eyana

Olivia s'égosille à pleins poumons. Elle lâche son sac à main pour porter ses doigts vers son visage. J'attrape une chaise dans l'idée de l'assommer pour me laisser le temps de fuir. Seulement, elle m'échappe, recule en titubant et piétine son sac. Un craquement retentit sous ses escarpins cirés.

Je me fige.

Qu'est-ce que...

Une fumée rougeâtre s'échappe du sac ! Elle s'élève et prend la forme d'une silhouette.

Pétrifiée, je suis incapable de bouger. Moi, la militaire aguerrie, je suis incapable de sauver ma peau. Incapable de me détourner de cet homme apparu par magie sous mes yeux.

Je sais de qui il s'agit. Mes sens aiguisés de surnaturelle ne me trompent pas, et mon instinct encore moins.

Grand, blond, séduisant, le démon me dévisage

une longue seconde. L'air se suspend dans la pièce. Je ne respire plus, comme s'il pouvait me pulvériser d'un simple battement de cils. Jusqu'à ce qu'il rompe le contact pour se tourner vers Olivia, qui s'époumone toujours de douleur.

— Oh, ça suffit ! Tais-toi !

D'un revers de la main, il lui administre une claque d'une telle force qu'elle heurte le mur, avant de retomber mollement sur la moquette.

Les yeux du démon se posent de nouveau sur moi, et j'ignore comment réagir. Dois-je le considérer comme un ennemi ? Je devrais sans doute courir.

— Enfin, je te rencontre. Eyana, n'est-ce pas ?

Il s'avance en me tendant sa main droite. J'hésite.

— Je comprends, et je ne me vexe pas, déclare-t-il en se ravisant. Je suis Allan. Tu as déjà entendu parler de moi. Tu sais, le pacte, *et cetera*...

Il s'exprime avec beaucoup de gestes. Trop. Comme s'il cherchait à détourner l'attention de son interlocuteur.

— Mais je dois te remercier, enchaîne-t-il. Grâce à toi, je suis enfin libre. Des années qu'elle me retenait prisonnier dans ce petit poudrier. Quel âge as-tu, au fait ? Ça me donnera une indication sur la durée de sa pénitence, à cette maudite sorcière.

Je ne suis pas de taille contre un démon. Même s'il est l'un des responsables de la mort de ma mère, lutter contre lui serait du suicide.

— 33 ans, balbutié-je.

— Ooooh ! Eh bien, ma chère fille... Oui ! Tu as

bien compris qu'en ayant bu mon sang, toi et moi avons un lien de parenté, n'est-ce pas ?

— Si vous le dites...

Dans son dos, je vois Olivia qui reprend connaissance. Elle se redresse lentement. De son index, elle trace un symbole sur le bas du mur avec son sang. Un genre de rune, je crois. J'ignore si je dois en informer Allan, ou s'il est préférable de la laisser faire.

— Ne sois pas si empotée ! Je n'ai pas engendré d'enfants depuis au moins deux cents ans. Et tu vas voir, nous allons accomplir de grandes choses ensemble. Mais avant, surtout maintenant que nous sommes réunis, j'aimerais que tu me rendes mon bien, détaille-t-il en pointant son index vers mon cou. Il aurait dû me servir à te localiser, mais ce n'est plus nécessaire à présent.

Il exhibe sa main, paume vers le haut. Je m'accorde quelques secondes pour comprendre. Puis, je serre le papillon de nuit en scandium dans mon poing. À mes yeux, ce bijou ne lui appartient pas. C'est un héritage de ma mère, qui me permet de dialoguer avec mon chien, et potentiellement d'entendre les pensées des lycans, lorsqu'ils sont sous leur forme lupine. Je refuse de m'en séparer. Il devra me tuer s'il veut le récupérer. En plus, j'ignore de quoi il parle, quand il dit que nous allons accomplir de grandes choses ensemble, mais je ne tiens pas du tout à le savoir. Il est hors de question que je m'associe avec le meurtrier de ma mère. Et ce soi-disant lien du sang n'y changera rien.

— Je refuse de vous le donner. Tout comme je refuse de vous suivre ou de faire quoi que ce soit avec vous.

— Aaaaahhh ! Enfin un peu de rébellion ! Je craignais que tu sois fade, sans aucune force de caractère. Voilà qui prouve que je me fourvoyais.

Qu'est-ce qu'elle fout, Olivia, là-bas derrière ? Elle écrit un roman, ou quoi ? D'autant que je suis certaine qu'elle œuvre pour neutraliser le démon. Je jette un œil dans sa direction, mais je réalise bien vite mon erreur. Allan s'en aperçoit et suit mon regard.

— Oh, non, non, non !

Il s'approche de la sorcière qui colle sa main au centre des runes qu'elle a tracées, et l'ensemble se met à scintiller. Le démon s'immobilise aussitôt.

— J'ai appris deux, trois petites choses, pendant ton séjour dans mon poudrier, Allan. Eyana ! Je vais avoir besoin de toi pour finir de le neutraliser.

Je jette un œil vers la porte dans mon dos, où des grognements, des couinements et autres bruits de coups me parviennent. Si je le pouvais, je les planterais là tous les deux. Mais le démon a dit que mon pendentif agissait comme un radar. Si elle échoue, il me retrouvera.

— Que dois-je faire ?

— Dans mes affaires, tu vas trouver un sachet en velours noir. Il renferme de la poudre de sorbier. Trace un cercle tout autour de lui avec.

— Ne l'écoute pas, Eyana, s'alarme Allan. Elle te manipule. Si tu lui obéis, elle pourra retirer sa main du mur, et moi je serai prisonnier sans pouvoir t'aider.

Je dois choisir entre la peste et le choléra. Merveilleux ! Je secoue la tête quelques secondes, indécise. J'aurai malgré tout plus de chances de m'en sortir face à une sorcière plutôt qu'à un démon. Surtout si mes amis, comme je l'escompte, sont en train de se rebeller, derrière cette foutue porte. Par conséquent, je m'exécute.

— Que va-t-il se passer, ensuite ? demandé-je, tout en m'appliquant à la tâche.

— Tu as tort, Eyana. Tu ne peux pas lui faire confiance.

— Je ne peux faire confiance à aucun de vous, de toute façon ! Alors, Olivia ? Dites-moi. Sinon, je ne termine pas le tracé.

Il me reste juste assez de poudre au creux de la main pour achever le cercle.

— Je vais me relever, en effet. Mais uniquement pour l'enfermer dans un autre piège. Sans quoi, tu as bien compris qu'il reviendra te chercher. Et maintenant qu'il a vu ton visage, avec ou sans pendentif, il te retrouvera.

— C'est vrai ? aboyé-je sur le démon.

Je n'en peux plus d'être ainsi manipulée. Il faut que tout ça s'arrête. Je réalise qu'avant même ma naissance, toute ma destinée était écrite, et que le sacrifice de ma mère m'a malgré tout permis de vivre libre. Je refuse qu'elle soit morte pour rien.

Allan n'a pas le temps de répondre. La porte s'ouvre à la volée, et Nolan surgit, accompagné de Devon.

Je crois rêver. Peut-être que je me trompais et

que cette histoire aura une fin. Une fin différente de celle que j'envisageais, et qui se soldait par ma mort. Des tremblements s'emparent de mon corps. Des larmes, impossibles à retenir, se déversent sur mes joues. Je lâche la poignée de poudre au hasard dans la pièce, pour me jeter dans les bras de Nolan.

— Tu vas bien ? s'inquiète-t-il en m'écartant un peu, pour plonger ses prunelles charbonneuses dans les miennes.

— Je crois, oui. Et vous ? répliqué-je en les détaillant tour à tour. Vous êtes couverts de sang.

— Ce n'est pas le nôtre, fanfaronne Devon en s'approchant d'Olivia.

— Où est Tylio ?

— Il brûle pour l'éternité dans les bas-fonds de l'Enfer, articule le Président.

— Comment ? Ce n'est pas possible. Son pendentif. Il aurait dû...

— Ressusciter ? termine Nolan, en me guidant vers la sorcière.

Je suis à bout de forces.

— Et malheureusement, il l'a fait, précise Devon. Mais la seconde fois, j'ai pris soin de le lui arracher avant de l'achever.

Nolan sort le bijou de sa poche, qui pendouille au bout de sa chaîne en or.

— Non... non, non non... Vous me l'avez pris... Mon loup... Le seul homme que j'aie jamais aimé...

L'œil voilé de larmes et perdu dans le vide, Olivia profère des mots incohérents.

— Vous me l'avez pris... Mon loup...

Elle n'a plus rien de la fière et puissante sorcière

que j'ai rencontrée tout à l'heure. Son corps secoué de violents sanglots se recroqueville, comme si elle souffrait de l'intérieur. Cette femme était-elle finalement capable d'aimer ? Je ressentirais presque de la peine pour elle, si je ne savais pas tout ce qu'elle a manigancé dans mon dos.

— Mon loup...

Troublés tous les trois par ce triste spectacle, nous n'avons pas le temps de réagir lorsqu'elle s'affaisse en poussant des gémissements atroces. Sa main glisse du mur, et les runes cessent aussitôt de scintiller. Le démon en profite pour se jeter sur la sorcière.

Hypnotisée par la scène, j'ai besoin de quelques secondes supplémentaires pour réaliser qu'une fois qu'il l'aura tuée, plus rien ni personne ne pourra s'interposer entre lui et moi.

— Vite ! hurlé-je, enfin. Il faut partir !

Mon alerte fait office de déclencheur.

— On se casse, confirme Devon.

En tête de notre trio, je dévale un couloir éclairé par des veilleuses vertes, dans lequel le bruit de nos pas résonne. Mon cœur pulse dans mes tempes. Ma respiration s'accélère, et mes jambes commencent déjà à rechigner. La faute à ma blessure qui n'est pas encore tout à fait cicatrisée.

Les portes défilent, seulement je ne sais pas laquelle emprunter.

— C'est par où ? haleté-je.

— Prends l'issue de secours, m'ordonne Nolan.

Sa voix me semble lointaine. Je ralentis, pour m'assurer qu'il est bien avec nous, mais Devon me percute de plein fouet. Je perds l'équilibre, et à quelques centimètres du mur, il me rattrape de justesse. Nous échangeons un bref regard, pour vérifier que nous allons bien, puis il me libère. Par-dessus son épaule, j'aperçois Nolan resté en retrait.

— Avancez, je vous rejoins, lance-t-il en nous faisant signe de continuer. Je vais tout brûler. Partez devant.

Il ne voit pas le danger arriver derrière lui. Devon et moi nous élançons en même temps dans sa direction.

— Laisse tomber ! crié-je. Viens !
— Reste pas là ! lui ordonne son Président.
Trop tard !

Le démon enroule un bras autour de son cou, et positionne sa main libre encore couverte du sang de la sorcière, au niveau de son cœur. Aussitôt, Devon et moi nous immobilisons.

C'est un cauchemar.
Ce n'est pas possible.
Ça ne finira donc jamais ?

Le goût du café dégueu du distributeur remonte dans ma bouche. Je donnerais n'importe quoi pour sortir d'ici et que tout s'arrête. Je n'en peux plus.

— Pas si vite. Vous ne pensiez pas partir comme ça ? Eyana, je suis très peiné par ton attitude. Je t'ai fait une offre, et tu ne sembles pas mesurer l'importance que j'y accorde. Tu n'as pas envie que nous fassions plus ample connaissance, tous les deux ?

Les yeux braqués sur ses doigts, prêts à les enfoncer dans la cage thoracique de l'homme que j'aime pour lui arracher le cœur, je déglutis avec difficulté.

— S'il vous plaît, ne lui faites pas de mal, le supplié-je.

— Cela ne tient qu'à toi. Rejoins-moi, et je le libère.

J'avance d'un pas, puis deux...

— N'y va pas, m'intime Devon qui me rattrape et me stoppe en posant une main sur mon bras. C'est un piège.

J'observe le visage d'Allan, qui sourit. La situation semble l'amuser. Son attitude efface ma peine pour raviver ma colère.

— Je dois essayer, soufflé-je en me dégageant de sa prise.

— Sage décision, ma fille.

Je me retiens de lui interdire de m'appeler ainsi. J'ai plus urgent à gérer. Je m'avance avec prudence et au moment où j'arrive presque à sa hauteur, son faciès se modifie légèrement. Ses traits se durcissent, et je sens qu'il va mettre sa menace à exécution malgré ma coopération. Je m'apprête à bondir sur lui, quand quelque chose heurte mon épaule, et me déséquilibre. Devon a été plus rapide que moi. Nolan, assis au bas du mur, sans doute projeté aussi par son Président, observe la scène, les yeux exorbités. À mon tour, je coule un regard en direction du démon et du biker. Chacun a une main plongée dans la poitrine de l'autre.

— Pourquoi ? demandé-je à Allan. Je venais à vous.

— Trop risqué... tousse-t-il. Son âme l'aurait

toujours poussé à te chercher.

— Mon frère... s'alarme Nolan en rampant jusqu'à Devon. Tu n'aurais pas dû...

Je reste immobile. Incapable de bouger.

— Tais-toi. On n'a pas beaucoup de temps.

— Non ! Non ! Il y a forcément une solution, m'exclamé-je en trouvant enfin la force de me relever. Tiens bon ! Je vais aller chercher...

— Non ! souffle Devon avec peine. Je sens mes chairs qui cicatrisent autour de sa main. Même si tu vas chercher quelqu'un, il sera trop tard.

Entre deux respirations saccadées, Allan se marre. Si je pouvais, je lui enverrais mon pied dans les parties.

— Il a raison. Quoi que vous fassiez, il est déjà mort.

— Ta gueule ! s'énerve Nolan. Qu'est-ce qu'on peut faire, Prez' ? Eyana ? Tu as une idée ?

Devon tousse.

— Il n'y a rien à faire... Dites à mon père que je le remercie...

Il tousse à nouveau, puis crache du sang. Des larmes dévalent de nouveau sur mes joues. Je n'en peux plus... Je m'accroupis à côté de Nolan, puis pose une main compatissante sur le bras de Devon.

— Et Smoke... prends ma place... OK ?

— Promis, confirme Nolan d'une voix éraillée.

Il se retient de craquer, mais au fond de lui, le chaos fait rage. Le rythme de son cœur, erratique, bat en simultané avec le mien.

— Je suis content que vous vous soyez trouvés tous les deux...

Devon tousse encore, et devient blême.

— Allez ! Dégagez maintenant ! lance-t-il dans un regain d'énergie. Et brûle-moi tout ça, Smoke, qu'on n'en parle plus jamais !

— Quoi ? s'exclame Allan. Non ! Non ! Ça ne peut pas finir comme ça !

— Pourquoi est-ce que vous avez si peur ? fulminé-je.

— Parce qu'il sait qu'il va mourir avec moi, s'amuse Devon.

Sa répartie le fait rire autant qu'elle le fait tousser. Je reconnais bien là son sale caractère.

— Une vie pour une vie, immonde saloperie ! C'est le seul moyen de tuer un démon, grogne-t-il avec fougue.

— Que l'un de vous passe un pacte avec moi, et je le sauverai ! C'est promis.

— Ne l'écoutez pas ! Il vous poursuivra, rien qu'pour s'venger. Barrez-vous et cramez tout ! C'est le dernier ordre de ton Président, Smoke.

Je plonge mes pupilles dans celles de Devon, et j'y découvre toute l'affection qu'il nous porte. Il aura fallu en arriver là, pour qu'il baisse sa garde... Devon cligne des paupières pour m'intimer d'agir. Je confirme d'un hochement de tête, avant de m'emparer de l'avant-bras de Nolan.

— On doit y aller, chuchoté-je, en le forçant à se relever.

— Dégagez ! hurle Devon.

C'est le déclencheur. Nolan et moi nous éloignons d'un pas hésitant. Arrivés face à l'issue de secours, il tend sa main libre... observe la scène une dernière fois... puis libère un geyser de flammes.

Eyana

Épilogue

Il aura fallu patienter environ 3 mois pour permettre aux autorités mexicaines et américaines de boucler l'enquête de l'incendie, et par extension celle sur le trafic de la *Cactus*. Les témoignages du docteur Molina, de son assistante et de plusieurs employés des Romero ont bien sûr accéléré la procédure. Mais c'est surtout grâce à Angy, la sœur de Tyler, qui travaille à la DEA, que nous avons enfin pu récupérer le corps de Devon.

C'est une belle journée pour un mois de décembre. Le soleil brille, et la température avoisine les 12 degrés.

Rusty a choisi un cercueil en bois blanc vernis, sur lequel il a déposé son blouson en cuir noir à l'effigie du club. Après un passage au *Sans Souci*, où nous avons bu un dernier verre à sa mémoire, tout en évoquant de nombreux souvenirs, Devon a parcouru ses ultimes miles jusqu'au cimetière.

Dans le cortège qui l'accompagnait, on pouvait voir les Harley des Loups du Crépuscule bien sûr, suivies de près par les Guerreros, les Skulls, et les djinns. Même les vampires qui ont été sauvés du laboratoire, ainsi que le Haut-Conseil mexicain, ont fait livrer d'énormes couronnes de fleurs.

Sa mémoire a été honorée au même titre que celle de Clint. En grande pompe. Enfin, façon bikers, évidemment. Seules Erin et Raven manquent à l'appel. À notre retour de Chihuahua, Raven a décidé de quitter Albuquerque. Je crois qu'elle aimait sincèrement Devon, et qu'elle n'a pas supporté de le perdre.

Quant à Erin, elle a assisté aux funérailles de Clint, juste avant de partir, elle aussi. Je pense qu'après toute cette histoire, elle avait simplement besoin de prendre l'air, pour se reconstruire.

Les doigts entrelacés à ceux de mon loup, je glisse mon autre bras sous celui de mon frère, à ma droite. Puis je pose ma tête sur son épaule, en regardant le cercueil descendre. Il l'a échappé belle, lui aussi, ce soir-là. Il est sorti du coma presque une semaine plus tard. On s'est tous relayés à son chevet, et l'institut hospitalier pour les surnaturels n'a rien pu faire pour nous en empêcher. Jour et nuit, il y avait toujours quelqu'un à ses côtés.

Mama soutient Rusty, le plus possible. Ils habitent ensemble désormais. Mais pas comme un couple. Enfin, je crois... Ce sont juste deux vieux amis qui s'épaulent dans leur deuil respectif.

À mon tour, j'attrape une rose rouge dans le panier en osier.

— Nous ne t'oublierons jamais, chuchoté-je en jetant la fleur dans la tombe.

Je rejoins Nolan, qui m'ouvre ses bras. Il souffre énormément d'avoir perdu son frère. Je le sais, même s'il se garde bien de le montrer. Puis, je regarde Luke saluer Devon une dernière fois.

— Tu m'accordes un moment avec lui ? demandé-je à Nolan, juste pour la forme.

— Bien sûr.

Il glisse une main derrière ma nuque et dépose un tendre baiser sur mon front, avant de s'éloigner.

— Tu veux bien m'accompagner, s'il te plaît ? murmuré-je, hésitante.

Luke fronce les sourcils. Je penche un peu la tête sur le côté, et il opine en soupirant profondément. Je sais comment l'amadouer désormais. Et même si nous nous sommes rencontrés sur le tard, le lien qui nous unit est devenu vraiment très fort. Malgré tout, je n'en reviens pas qu'il ait enfin accepté. Je refusais de m'y rendre sans lui, au moins la première fois. Je faufile de nouveau mon bras sous le sien, et les jambes flageolantes, je le laisse me guider à travers les tombes. Mon cœur s'emballe lorsque j'aperçois le nom de Raymond Davis, notre père.

Debout, face à ce bloc de granit, je réalise que sans lui, je ne serais pas là aujourd'hui. Sans son intervention dans ma vie, j'ignorerais toujours d'où je viens. Grâce à mon père, j'ai de nouveau une famille. Grâce à lui, je sais exactement qui je suis, je m'accepte, et surtout, je prends le risque de faire confiance à nouveau.

Je m'avance de quelques pas, et porte les doigts jusqu'à mes lèvres, avant de les poser sur la pierre tombale.

— Merci, papa, soufflé-je, en libérant une larme.
— C'est bon, là ? Non, parce qu'en plus d'avoir la dalle, j'ai hâte d'aller courir.

Je pouffe. Mon frère et son estomac, tout un poème. Surtout lorsque c'est sa mère qui cuisine. Et ce n'est pas qu'il manque de cœur, bien au contraire. J'ai fini par comprendre que la mort de notre père a été un tel déchirement pour lui, qu'il a préféré fuir la réalité en s'injectant cette saloperie de *Cactus* dans les veines. Il intériorisait trop de choses, comme la déception de ne pas avoir été présent, le jour de son décès. Blessé d'avoir été évincé du poste de Président des Loups du Crépuscule, il était parti quelques jours pour se changer les idées. En fait, ce n'était que le début de sa dégringolade. Heureusement, depuis que Nolan l'a nommé Vice-Président, sa vie a pris un virage à 180 degrés. Il a aussi annoncé officiellement qu'Helen, une ancienne groupie, est devenue sa régulière. Désormais, je sais qu'il a quelqu'un à qui se confier. Ça me rassure, même si ce quelqu'un n'est pas moi. En plus, Helen est géniale. Je l'aime beaucoup.

— D'accord. On y va. Et puis, Dogzilla doit commencer à s'impatienter. Je lui ai promis de l'amener au prochain rassemblement de la meute.

Ça aussi, c'est un détail qui a énormément changé les choses au sein du club. Désormais, nous nous réunissons au moins tous les quinze jours pour nous transformer, et courir. Nolan, en tant que nouveau Président, a constaté à quel point ces moments de liberté apaisent les troupes, tout en resserrant encore plus nos liens.

Nous retrouvons mon loup, qui me tend mon casque. Je ne résiste pas à lui voler un baiser, profond et passionné. Et comme à chaque fois, mon cœur trouve le chemin du sien. L'espace de quelques secondes, j'oublie tout.

— Hum, hum... lance mon frère. Je commence à m'autodigérer, là.

Nous nous décollons de quelques centimètres en riant. Il ne reste plus que nous sur le parking. Tout le monde est déjà parti chez Mama pour le grand repas. Pas question de s'isoler chacun chez soi, à ruminer son chagrin, après de tels événements. Au contraire. Ce sera une occasion de plus d'évoquer des souvenirs, que ce soit au sujet de Devon, de Clint, ou de mon père. En plus, il paraît que Kirby a une bonne nouvelle à annoncer. Je pense déjà savoir de quoi il retourne, vu la façon dont son ventre s'arrondit. Mais j'ai fait mine de ne me douter de rien.

Je grimpe sur ma Harley, laisse partir les garçons devant, et lance un dernier regard derrière moi.

Vers le passé.

C'était difficile, éprouvant, et très fatigant d'endurer toute cette histoire.

Mon histoire.

Mais ça en valait la peine.

Aller à la rencontre de celle que je suis réellement, m'autoriser à graviter dans un cercle familial, à faire confiance en livrant mon cœur au risque d'être blessée, c'est ça, la vie.

Et la route qui s'ouvre devant moi est pleine d'aventures et de belles promesses.

J'en suis convaincue.

Soutenez vos auteurs, Partagez votre avis !

★★★★★

Remerciements

Comme à l'accoutumée, ce n'est plus une surprise pour personne, je remercie Ravenna Waress, amie autrice, et bêta-lectrice depuis mon tout premier roman publié. Que ferais-je désormais, sans tes commentaires constructifs et tes propositions pertinentes ? Sans parler de nos échanges souvent plein d'humour.

Merci à toi, chopine !

Je tiens aussi à remercier Sophie Zimmermann, autrice également, pour son implication en tant que bêta-lectrice. Ton œil neuf et tes remarques ont apporté énormément à l'histoire d'Eyana. Au plaisir d'une prochaine collaboration, j'espère.

Merci à Nadine, qui a dévoré ce tome 2 en 48 heures à peine, pour pouvoir m'éclairer sur deux aspects importants du récit qui me turlupinaient. Tu m'as permis de trancher dans le vif, et de savoir exactement ce que je devais faire ou non.

Merci à ma correctrice, Danièle, dont la réputation n'est plus à faire. Son travail exemplaire, son tact et son humour facilitent tellement cette partie de l'écriture, qui à mon sens, n'est pas la plus transcendante. Alors, un grand merci à toi !

Merci encore à Mylène, pour la mise en page. Tu as accompli un boulot admirable sur ces deux tomes. J'en suis, mais alors, trop trop fière ! C'est méga canon ! (Ça s'dit ? Peu importe ! On dira que oui ! ^^)

Enfin, merci à toi qui me lis, car sans toi, cette aventure serait bien fade. Tes retours, tes avis, ton soutien, tes messages me remplissent d'une joie si intense que je ne peux que continuer à essayer de te donner le meilleur de moi-même.

Je voudrais faire une mention spéciale à Carol, qui se reconnaîtra et que je remercie tout particulièrement pour son soutien. Tes messages, je te l'ai déjà dit, sont une vraie bouffée d'oxygène. Merci beaucoup…

Voilà, l'histoire d'Eyana est maintenant terminée. J'avoue qu'écrire cette duologie n'a pas été évident. J'ai trouvé l'exercice compliqué, et j'admire toutes ces autrices et ces auteurs qui composent des sagas entières. Lorsque je serai autrice à temps complet, et que je serai plus au calme, je retenterai peut-être l'aventure. Ou pas… Je verrai…

En attendant, n'hésite pas à me suivre sur les réseaux sociaux, ou à t'abonner à ma newsletter via mon site internet, pour découvrir des exclusivités et avoir la primeur des informations. En plus, je serai ravie d'échanger avec toi !

Je te dis à la prochaine publication, d'ici là, prends bien soin de toi, gros bisous et plein d'affection,

Draven

Du même auteur

L'enfer, c'est surfait

Loups & Sortilèges

Vampires & Love in Vegas

Eyana Davis et les loups du Crépuscule tome 1

Printed in France by Amazon
Brétigny-sur-Orge, FR